DONA
ANJA

Livros do autor na Coleção **L&PM** Pocket:

Depois do último trem
Dona Anja
É tarde para saber
Enquanto a noite não chega
Garibaldi & Manoela: uma história de amor (Amor de perdição)
O cavalo cego
O gato no escuro

Josué Guimarães

DONA ANJA

www.lpm.com.br

Coleção **L&PM** Pocket, vol. 588

1ª edição: L&PM Editores, em formato 14 x 21 cm, em 1978
9ª edição: 1ª edição na Coleção **L&PM** Pocket, em março de 2007

Capa: Ivan G. Pinheiro Machado
Revisão: Luciana Balbueno e Renato Deitos

ISBN 978-85-254-1598-1

G963d   Guimarães, Josué, 1921-1986.
           Dona Anja / Josué Guimarães – 9. ed. – Porto
    Alegre: L&PM, 2007.
           216 p. ; 18 cm. (Coleção L&PM Pocket)

           1. Ficção brasileira-Romances. I. Título. II. Série

                      CDD 869.93
                      CDU 869.0(081)-32

Catalogação elaborada por Izabel A. Merlo, CRB 10/329

© 1978, Josué Guimarães
© 1996, sucessão Josué Guimarães

Todos os direitos desta edição reservados a L&PM Editores
PORTO ALEGRE: Rua Comendador Coruja 314, loja 9 - 90.220-180
                Floresta - RS / Fone: 51.3225.5777
PEDIDOS & DEPTO. COMERCIAL: vendas@lpm.com.br
FALE CONOSCO: info@lpm.com.br
www.lpm.com.br

Impresso no Brasil
Verão de 2007

*Para
Antonio Pinheiro Machado Netto
amigo de todas as horas*

I.

Início da história em que se conta a instalação de uma mesa de sinuca no andar térreo da casa branca do Coronel Quineu Castilhos, na principal praça da cidade, para gáudio de Dona Anja e de seis exímios jogadores de taco e pano verde, todos de boas famílias, solícitos e prestativos, quando afinal descobrem a sede que noite após noite consumia a dona da casa.

O BULÍCIO, O CALOR, OS ais das noites movimentadas eram seguidos pelos gemidos, arrulhos e afogueamentos da madrugada e, logo depois, a modorra silenciosa das longas manhãs em que as meninas dormiam esgotadas. No verão, o pátio cheio de laranjeiras atraía moscas e abelhas, mas quando o vento era gelado e soprava do sul, fosse de dia, fosse de noite, tudo que não estivesse na frente da lareira – e tudo o que não dormisse também nas camas quentinhas das meninas – era gelado e fazia com que o frio trespassasse as carnes e atingisse os ossos.

O leão-de-chácara Amâncio Romaguera chegava ao cair da noite (ainda em tempo de tomar uma sopa bem quente ou de mastigar um pedaço de assado, com osso e muita gordura) e fungava e rilhava os dentes ao caminhar pesado entre o portão pintado de branco e a soleira da porta de entrada. O velho ponche despencado sobre os ombros, o chapelão de abas largas, o barbicacho a prender os bigodões de pontas caídas. Quando os fregueses rareavam (ou quando todos eles já se encontravam nos braços das moças pacientes e encantadoras), Amâncio acendia o palheiro e mascava a palha de milho com brasa na ponta, cuspindo grosso e escuro no lajedo.

Quando acontecia espiar por uma fresta da janela ou por um desvão das cortinas (ele agora fazia isso), o homem via Dona Anja na sua cadeira de balanço, imensas carnes brancas esparramadas, e lembrava-se dela vinte anos atrás, mulher e depois viúva do Coronel Quineu Castilhos; enxuta, lisa, branca, curvilínea, a apetitosa Angélica, que fingia não ouvir os suspiros de paixão e nem sabia dos duelos entre os rapazes e das suas juras de amor e de desejo, que nem sequer comentara ou tivera uma palavra de comiseração para com o suicídio do jovem e futuroso Deoclécio que metera uma bala na cabeça depois de rastejar em busca da sombra da viúva do Coronel Quineu, que uns diziam ter morrido aos poucos, consumido hora a hora pelos calores da esposa, por seus ardores doentios, pelas exigências descabidas de sua bela e doce Anja, repartidos entre ele e seus admiradores – uma fila sem fim, extensa, sequiosa –, os olhares mortiços e o leve e constante pestanejar, buscando salientar ainda mais o negro profundo das pupilas.

As senhoras de família, as velhas senhoras mães das novas senhoras, as solteironas, até as meninas, todas elas a trocarem enigmáticos sorrisos que valiam por mil comentários. Dona Anja sofreria de uma rara moléstia incurável, secreta, terrível e arrasadora, marca dos céus, assassina dos homens que lhe caíam sob as garras, uma fogueira por dentro, lava a escorrer pelo rego dos seios, a fumegar pela boca, com as partes incendiadas rubras como o ferro derretido. O Coronel Quineu caía na armadilha ao começar a primeira sombra da noite e se consumia madrugada adentro, enredado no vulcão que era o princípio e o fim, a doença e a felicidade, doendo e lhe dando tamanho gozo que as pessoas passantes por sob sua janela – o velho casarão branco de muitas portas, grades e cães, sacadas e vidros bordados a fogo – ouviam os estertores da doida mulher e os ofegos do velho caudilho que deixara as armas de lado, os capangas e a tradição de incontáveis revoluções do seu pai e dos seus avós para abraçar a causa do Presidente Juscelino Kubitschek de Oliveira, eleito pelo Partido Social Democrático e defendido pela espada do General Henrique Dufles Teixeira Lott, na hora precisa em que o inimigo arreganhava os dentes para o golpe.

O coronel tomava escuras poções de ervas aromáticas e recebia duas vezes por semana o farmacêutico Orozimbo Manhães. O homenzinho chegava antes do meio-dia, maleta em punho e olhares desconfiados para todos os que o viam atravessar a praça; ninguém dizia nada, mas ele bem que percebia, graças ao sexto sentido que Deus lhe dera ao nascer; então Orozimbo, filho de Dona Olga, a levar injeção de drogas para o coronel não morrer de esgotamento, cúmplice confesso, criminoso, por que afinal não dava uma injeção de água de melissa na veia dela, ela sim, precisada de acalmar as vergonhas de toda a santa noite, mesmo nas tardes de sábado, quando havia muito calor no ar da cidade ou quando as árvores sem folhas eram fustigadas pelo minuano impiedoso. Dia sim outro também, céus, que duende entrara no corpo de Dona Anja que ia terminar por matar o pobre do coronel, que já dispensara todos os seus antigos capangas e agora diz só ter cabos eleitorais, os tempos mudaram, não se degola mais a não ser galinhas, nem se faz desafios para duelo a pistola, com padrinhos de negro e armas escolhidas, em fatídicos caíres de noites num beira-rio qualquer, a honra afinal lavada com o sangue das feridas. Dona Anja consumia o pobre homem, marido de papel passado, de registro paroquial, que às vezes surgia na janela do quarto depois das refregas, violáceo, desgrenhado, o olhar vítreo, respiração difícil, como a querer rechear os pulmões de ar puro que mexia com as folhas das árvores; então as meninas corriam para as suas casas: mãe do céu, o coronel espiou pela janela! E as mães botavam as mãos na cabeça e exclamavam patéticas: Santo Deus, então ele ainda está vivo. As beatas faziam o sinal da cruz; as senhoras procuravam o vigário para a confissão; as meninas românticas sonhavam como nunca e se denunciavam pelos longos suspiros que davam às escondidas e pelas negras olheiras que debruavam os seus olhos encandecidos. E quando elas se trancavam nos seus quartinhos escuros, mordiam a ponta dos travesseiros e imaginavam Dona Anja crucificando o marido e tiravam Dona Anja esmagada debaixo dele e assumiam a crucificação, lágrimas derretidas formando o rio das virgens de toda a cidade.

Um dia o coronel sumiu. Não estivera sequer na botica do Manhães onde costumava passar para as encomendas de remédios para o coração combalido, pomada para grosseiras que dizia lhe dar nos braços e nas costas, mas que as más-línguas logo passavam para os maus ouvidos ser uma irritação de pele, sim, mas daquela que ficava nas entrepernas e causada pelo uso excessivo e indevido das partes delicadas, no roçar das longas noites de fornicação, e até nas tardes de sol ou mesmo nos dias de chuva, num sem parar de fazer inveja a um fauno. Quem o visse não seria capaz de botar a mão no fogo por suas proezas, não apostaria dez réis de mel coado por suas energias miraculosas, pois dava mostras de extrema mansidão e pacatez. Ia muito pouco ao bar que ficava ao lado do cinema, quando apostava por fora na habilidade dos rapazes que jogavam sinuca, todos eles agradando o coronel sem que o coronel desse pela coisa. Por que o senhor não manda instalar uma mesa de bilhar lá na sua casa, coronel? custa barato, o senhor tem lá espaço de sobra e acomodações para um salão inteiro, lá não deve ter moscas como aqui e nem a gente precisava gastar o que não ganha, um cafezinho de vez em quando, se for o caso aos domingos, dias santos ou feriados, uma birita para manter a mão firme da pontaria. Era quando o dono do bar ordenava aos rapazes para deixarem o coronel sossegado, sinuca sempre foi jogo de lugar público onde só entra homem que pode dizer o palavrão que lhe vier à boca sempre que errar a caçapa ou quando o parceiro acerta uma daquelas bolas espíritas, de fazer curva no feltro ou quando acerta na sete depois de três tabelas cantadas com a necessária antecipação. Ele sabia, qualquer coisa lhe dizia, que os cafajestes estavam mas era de olho em Dona Anja, a que consumia o marido noite após noite, tarde de sábado após tarde de sábado, e queriam entrar no lar do coronel como quem entra num bordel de beira de estrada.

Mas o coronel sumira. Não passava mais pelo salão de sinuca, não ia mais à tabacaria da velha Deodora para pedir um maço esparso de cigarro, que todos sabiam que no casarão de paredes brancas da praça havia armários e armários de pacotes inteiros de cigarros para que a mulher pudesse encher com eles as caixinhas de madeira lavrada e ainda as cigarreiras de ouro e prata que ela talvez costumasse guardar nas gavetas da mesinha-de-cabeceira para fumar um cigarro antes e dois cigarros depois. Os rapazes chegavam a ficar no lado da praça bem defronte às janelas do quarto do casal, e sempre que viam a fumacinha sair espremida pelas frestas dos batentes assobiavam com rematada malícia e corriam logo para escavar um pequeno talho na árvore mais próxima, como faziam os bandidos depois que eliminavam mais um desafeto, riscando o cabo do revólver. Já o padre observava também a fumacinha e não dizia nada, mas aquilo lhe lembrava (fazia o sinal da cruz, num esconjuro apressado) os conclaves do Vaticano, quando os cardeais queimavam os boletins e saía fumaça branca, ou quando misturavam palha úmida e saía fumaça preta. E todos sabiam que na casa branca da praça, quando grande era a fumaceira a sair pelas frinchas, o coronel estava bem e fumava junto com Dona Anja, ou Dona Anja fumava desesperadamente pois ele nem sempre guardava forças para chupar um cigarro após a batalha. Era quando o padre maldizia a rapaziada que se postava na praça para bisbilhotar a vida dos casais da cidade, conspurcando lares, em vez de ficarem nas suas casas tratando de coisas mais úteis para a formação moral de cada um em particular.

Até o dia em que o coronel entrou no salão de bilhar, chamou os rapazes para um canto e comunicou solene a compra de uma mesa completa de sinuca, toda entalhada em madeira de lei, feltro verde de primeiríssima qualidade, caçapas guarnecidas por sacolas de seda trançada, uma dúzia de tacos de cabiúna pardo-violácea, alguns bege-pardo-acastanhados, com incrustações de marfim branco na empunhadura, um jogo completo de bolas de marca internacional, marfim também, e duas lousas para a marcação dos pontos; e que mandara instalar no andar térreo para que os contendores pudessem enfiar bolas nas caçapas dia e noite, enquanto a casa prosseguisse na sua rotina doméstica. O dono do bar, ao saber da novidade, sacudiu a cabeça desolado, lá se ia o faturamento certo, e justo aqueles rapazes a serem carregados para dentro da casa do coronel, debaixo do assoalho onde estava assentada a cama do casal, Dona Anja ao alcance da mão do mais ousado (e todos eram); tornou a sacudir a cabeça, incrédulo e pesaroso, quando o coronel tornou a passar por ele, de saída, disse até logo, coronel, mas sabia que o homem nunca mais tornaria a colocar os seus pés naqueles ladrilhos polvilhados com serragem grossa e mesmo porque o homem estava sumido e fraco, seráfico, e naquele momento carregando para dentro de seu lar um bando de aproveitadores, useiros e vezeiros na utilização de empregadinhas domésticas sem tarimba e sem vagares para longas noitadas, em amores e efusões roubados num desvão qualquer de porta ou pelas últimas filas de cadeiras do cinema; mas Deus escrevia direito por linhas tortas e se esse era o seu entendimento que fosse feita a sua vontade, quem sabe até aquilo tudo não fizesse parte de um plano divino de salvação do coronel que se consumia como as brasas de uma lareira em noite de inverno, virando borralho.

A partir daquele dia os rapazes transferiram as suas inegáveis habilidades no taco para a sala térrea da casa branca do Coronel Quineu Castilhos. Grupo fechado, seis e mais ninguém. Nem mesmo o recruta Alcibíades, ordenança do comandante do Regimento de Cavalaria, foi admitido na máfia da sinuca do andar térreo. Ele era, inegavelmente, o melhor taco de toda a cidade, o único a encaçapar a bola sete fazendo com que a branca passasse por cima da bola vermelha; mas era um boquirroto danado, fedia a suor de cavalo, cuspia no chão, espalitava os dentes com a ponta da língua, esgaravatava o nariz com a unha do dedo indicador e costumava dizer meia dúzia de palavrões cabeludos entre uma tacada e outra. O recruta não media as palavras e de mais a mais andava nos últimos tempos com uma doentia fixação nos seios opulentos de Dona Anja; quando a jogada estava muito difícil, quase impossível, ele costumava dizer nos últimos tempos: bem ali no meio das peitarras de Dona Anja; e quando acertava – coisa até muito comum para ele –, dizia para quem quisesse ouvir: fica aí na caçapa de Dona Anja que é lugar quente. Só não ia além das ofensas gratuitas porque o dono do bar havia recomendado mais respeito para com as grandes damas da cidade, dizendo que na sua casa ninguém ia desrespeitar as famílias. Mas o recruta safado sabia dizer as coisas com outras palavras.

– Faz de conta que este aqui é o taco do coronel e aquele buraquinho ali do meio pertence a Dona Anja, lá vou eu, taco em riste, espera aí minha estofadinha dos infernos – passava a mão aberta sobre o pano verde –, que pele macia, meu Deus do céu!

Assim o recruta selou a sua sorte e ficou de fora. Precisou catar pela cidade outros companheiros e até outro bar preferiu para evitar as proibições do primeiro. E começou com Dona Anja para cá e Dona Anja para lá e sempre que podia chegava à porta e cravava os olhos no casarão branco da praça e gritava para os demais: o coronel deve estar dormindo e Dona Anja está nesta hora com seis jogadores de sinuca na sua cama, adivinhem o que eles estão fazendo? Concluía vitorioso: encaçapando!

Mas na sala térrea o Coronel Quineu vivia horas embevecido, assistindo à habilidade daqueles rapazes no jogar sinuca, a bebericarem cerveja ou vermute, com tira-gosto de ovo cozido ou rodelas de salamito e cubinhos de queijo. Eles jogavam em silêncio e quando o coronel subia e a cama rangia com vozes abafadas filtrando pelo forro de largas tábuas envernizadas, eles não mais prestavam atenção às tacadas e o sangue de cada um latejava nas têmporas, sentiam a garganta sufocada e engoliam em seco, mas sem comentários. Quando o marido retornava, surgia na sala em petição de miséria, em frangalhos, de dar pena mesmo aos que morriam de inveja e de excitação. Mas todos fingiam sequer notar o retorno dele, era quando disputavam as bolas mais difíceis, embora ninguém mais tentasse a bola sete de primeira, estivesse ela convidando à boca da caçapa, todos de mãos trêmulas e olhos baços.

Até que uma noite – a porta que dava para a escada ficara aberta –, depois que o coronel retornara e a seguir se abatera sobre uma poltrona de couro cru, os rapazes ouviram a voz aveludada de Dona Anja pedindo ao marido um copo d'água gelada. Mas o coronel já dormia, macilento e opresso. Um dos rapazes abriu a geladeira, encheu um copo e subiu lentamente os degraus, depois de fechar atrás de si a folha de porta que ficara entreaberta, ritmando os passos pelas batidas do coração e respirando fundo o perfume íntimo do qual se aproximava cada vez mais.

Quando voltou, viu que os seus companheiros não disputavam uma partida das mais renhidas, mas se limitavam a bater desordenadamente nas bolas coloridas e espalhadas pela mesa. O coronel ainda na mesma posição, boca mole e braços caídos. O rapaz perguntou a quantas andava a partida, tentou agarrar o seu taco e decidiu, depois de breve hesitação, que seria melhor sentar-se um pouco, sorriu amarelo para os demais, abanou-se com a mão estendida: puxa vida, estou hoje num cansaço de não agüentar, foi um dia danado lá no escritório. Seus companheiros notaram que ele tinha um ar estúpido e apalermado, um aspecto de fantasma, uma outra pessoa, que teria tocado no demônio e apesar do visível esgotamento era como se tivesse pisado em astros ou estrelas, em luas e sóis. E naquela noite todos os demais voltaram a jogar com raiva e frenesi, numa partida de vida ou morte, até que a própria Dona Anja abrira a porta lentamente e penetrara pela primeira vez na sala de bilhar como se não tocasse no chão e flutuasse, copo vazio na mão leitosa, cabelos soltos, em desalinho, camisola transparente como se de vidro fosse; sentia muita sede, que diabo tinham os rapazes enfiados nos ouvidos que não haviam escutado os seus gritos pedindo mais água, tinha uma fogueira por dentro, algo lhe queimava as entranhas.

A partir daquela noite os rapazes se revezavam no abastecimento de água, copo a copo, degrau a degrau; encontravam-se febris na escada, batiam com mais força nas bolas para que todo aquele que passasse pela calçada soubesse que todos jogavam sinuca com afinco e amor, decisão e pertinácia, partidas que só acabavam com o nascer do sol, madrugada após madrugada, sem domingo nem feriados, naquele andar térreo da casa branca do Coronel Quineu Castilhos e de sua opulenta esposa, Dona Angélica Castilhos, senhora de excelsas virtudes e de estranhos afogueamentos.

O leão-de-chácara Amâncio deixou de espiar pela janela e, enquanto acendia o palheiro oloroso, pensava nas maldades da natureza que afinal transformaram Dona Anja naquela grande mulher gorda, peitos como nádegas a pesarem sobre o ventre enorme e pregueado, plissado e enxundioso, a grande papada que ainda servia de escora para o rosto sobretudo belo, os lábios quase como os de antigamente, os negros olhos sombreados, pestanejando, os cabelos sedosos que ela ajeitava num coque relaxado, encimando a nuca transformada pelos anos em toutiço, em cachaço que por certo deveria estar perfumado e limpo. Como antigamente, aliás.

Vinte anos, um pouco menos, um pouco mais. O tempo às vezes não conta, serve apenas de engodo ou de confissão. Impiedoso quase sempre para aquelas mulheres que comem muito chocolate às escondidas, depois abertamente e que, sem mais aquela, sem desculpas e nem subterfúgios, se deixam embalar pela gula desenfreada.

II.

As tristes lembranças de Dona Anja que conheceu o fastígio de sua vida matrimonial com o Coronel Quineu Castilhos, e que atraiu para sua casa, depois, as graciosas meninas que fazem o encanto de sua vida (é preciso confessar lisamente) e da vida das mais altas e conspícuas autoridades locais, incluindo os disciplinados militares, os membros do magistério e os sócios do Rotary Club e do Lions, estes contando com a ingenuidade das suas domadoras que, na realidade, agora já são outras.

Naquele cair de tarde soprava um vento frio e Dona Anja deixava, com visível e lânguido prazer, que Neca lhe alisasse os cabelos para logo a seguir penteá-los para trás, prendendo-os numa espécie de novelo sobre a nuca, arrematados por uma travessa de tartaruga, ao jeito das sevilhanas. Seu grande corpo jazia inerme na larga cama de grades de latão; as pernas opadas como duas toras de creme de leite e os peitos fartos derramados sobre as carnes fofas. Sobre a mesinha-de-cabeceira, a caixa de bombons recheados: nozes, avelãs, castanhas, leite de coco, tutti frutti, groselha, massa crocante, nata com cerejas, o chocolate amargo, negro, os de licor em cápsulas de açúcar cristalizado e envolvendo a todos os papéis multicoloridos, debruando-os de ouro e prata.

As habilidosas mãos de Neca (dois pássaros delicados armando o ninho), os gestos e meneios adamados do jovem de cabelos loiros, rosto opalino, olheiras tresnoitadas, chamando-a sempre de minha mãezinha.

Concluído o trabalho de penteá-la e depois vesti-la, o jovem abraçava-a docemente, com lasciva ternura, e recolhia a delicada cabecinha de estatuária grega no bem fornido regaço da patroa. Ele dizia, é a mãezinha que eu nunca tive. Depois trazia com esforço e sacrifício, resfolegando para valorizar, o espelho oval de moldura ouro velho. Pedia, chegava a implorar, que ela se mirasse com vagar. Refletida no aço, Dona Anja via uma senhora de muitas carnes, abundantes gorduras, de rosto suave e de antigos e quase dissolvidos traços de beleza que nem as quinze mil noites de amor nem as quinze mil madrugadas de prazer, de apreensões e delírios haviam desfeito. A imagem refletida no espelho, profunda como se contasse uma outra vida a multiplicar-se indefinidamente através de uma estranha região sem peso e sem dimensão. Angélica enovelada no tempo, a volta daqueles trágicos dias em que o marido havia morrido como um animal atingido em cheio pelo raio, ela assustada na beira da cama, ele caído sobre o tapete, braço estendido na direção da porta como a dizer que a esposa saísse por ali e fosse buscar socorro que ele morria e não queria morrer e tudo parecia depender unicamente daqueles instantes que agora o espelho devolvia com redobrada angústia.

O Coronel Quineu estendido no chão, os rapazes (que mal haviam chegado para mais uma noitada de sinuca) espantados como crianças, aturdidos pelos lamentos horríveis de Dona Anja, seminua ali na frente do desejo deles mas intocável pela tragédia, seios arfando como duas bolhas de lava de um vulcão recôndito, os desorbitados olhos cravados no corpo do marido inerme, o ventre emerso dos lençóis suspensos pelas mãos em garra. Depois o olhar a passar em revista, espantada, os rapazes assombrados que não moviam um dedo para soerguer o corpo, depositá-lo sobre a cama desfeita para que alguém encostasse o ouvido sobre o peito imóvel a fim de escutar o velho coração que estaria parado para sempre.

A seguir, eles se moveram, e como formigas a carregar uma vespa morta levaram o coronel para a cama, cobriram a sua nudez desagradável com um pedaço de lençol (amarfanhado e sofrido pelas longas horas de lutas e de embates, gemidos e arfares), o mesmo lençol que em parte tentava encobrir o corpo da mulher que não dizia nada e nada fazia, petrificada pela surpresa e por uma dor que ela sabia instalar-se no peito para sempre, como acontece quando um homem morre e fica uma mulher só no mundo, depois de longos anos de amor e de tresloucados terremotos. Ela se dobrou dorida, cotovelos apoiados nos roliços joelhos, lágrimas deslizando pelas faces, a delicada mão pousando na caixa de bombons suíços para tirar do escrínio um deles, recheado, brilhante, enquanto o corpo do coronel jazia pela última e derradeira vez naquela cama que assistira, muda e queda, à noite de núpcias, à segunda noite, à terceira; ela procurou lembrar-se de quantas mais, perdida nos números e nos prazeres, os rapazes, mais tarde, subindo a escada de madeira que ringia e estalava numa antecipação do gozo, tacos em riste, o quadradinho de giz anilado para passar na ponta aveludada e assim pegasse em cheio o marfim brilhante da bola branca que batia na vermelha, que por sua vez dispararia na direção da caçapa e Dona Anja não conseguia lembrar de mais nada, as recordações enevoadas pela saudade os dias molhados de lágrimas, horas que não voltariam nunca mais. Seu tempo de manequim 42, cintura 34, sapatinhos 33, o regaço que Deus modelara com imenso e onipotente amor, os braços brancos e bem torneados, as veiazinhas azuladas desenhando arabescos que eram perseguidos pelo Coronel Quineu Castilhos à luz do abajur grená da mesinha-de-cabeceira, esconderijo dos bombons envoltos em papéis do mais fino lavor.

Era como se visse as coisas debaixo d'água, distorcidas, refrangidas, imprecisas; o corpo do coronel que sumira, as longas noites com a cabeça tonta deitada no peito de um dos rapazes amigos, chorando a perda irreparável; e agora nem podia juntar a imagem dele como um todo, os olhos dele com a boca, com as asas do nariz, as sobrancelhas, a testa larga, o queixo, meu Deus, como era mesmo a cara do falecido? o seu jeito de falar, de rir, de dizer meu amor tu me matas; era impossível revê-lo, reconstituir peça por peça aquela fantástica máquina de fazer amor e de repetir-se, esmagando e triturando, fazendo sofrer e chorar, gozar e sorrir; então revivia o marido nos braços daquele rapaz que conseguia fazer mais de cinqüenta pontos sem perder a vez, taco atravessado nas costas, cigarro pendente dos lábios, olhos semicerrados e depois de tudo o copo de água geladinha, a mão ainda suja de giz a passar-lhe pelos cabelos, pelo cogote macio, o corpo quente e musculoso e enfiar-se pelos lençóis com a sem-cerimônia dos jovens e dos animais, ela com todo o pensamento mergulhado no falecido, fiel a ele, só dele; a mão fria e o corpo anguloso daquele outro menino que se esticava sobre a mesa, como uma enguia, prolongamento horizontal do taco, da bola, da caçapa. O rapaz que suava nas mãos e apagava a luz de cabeceira e depois escorregava para o tapete e a puxava, que lhe batia de leve no rosto e rolava pelo assoalho em direção da porta entreaberta e que prometia para qualquer noite, daquelas intermináveis noites do sobrado, rolarem pelos degraus da escada, amando-se entre estilhaços de copos e de bebidas derramadas pelos tapetes. O outro rapazote de grandes olhos azuis e cabelos encaracolados que se dirigia a ela tratando-a por minha senhora, por favor, desculpe-me, não era minha intenção, tenho medo de magoá-la, a senhora está gostando? por amor de Deus, assim, agora, Dona Anja!

Ouvia ainda hoje, trespassando o aço frio do espelho, o ruído seco da bola branca batendo nas bolas coloridas enquanto bebia mais um copo d'água, a luz da cabeceira apagando e acendendo dezenas de vezes, entre um rapaz e outro; os passos das pessoas anônimas que passavam lá embaixo na calçada, mesmo nas frias noites de agosto, e que paravam como se estivessem conversando coisas banais, bisbilhotando isto sim a vida dos outros só pelos suspiros e ais, gemidos e palavras soltas e irresistíveis.

Uma lágrima rolou pelo rosto triste de Dona Anja. Neca prestou atenção na mãezinha que nunca tivera e perguntou ansioso o que se passava dentro dela de tão forte ou de tão triste que fosse capaz de inventar uma lágrima tão encorpada e tão sentida. Ela disse que não era nada, só lembranças.

Toda a vez que o leão-de-chácara abria uma das folhas da porta de entrada ela sentia que a leve brisa fria da noite carregava consigo um cheiro, um detalhe ou até mesmo um gosto do Coronel Quineu. Neca ficava de fato muito abatido, pois nunca vira o coronel em pessoa, só sabia dele por ouvir dizer, pelo retrato dependurado atrás da cama, pelo nome que fora gravado no relógio de bolso, prata lavrada, com o quadro em baixo-relevo representando o Grito do Ipiranga, e que ele deixara para a esposa quando morrera de molde a marcar as horas de solidão e de irreversíveis saudades que a sua viuvez iria acarretar para a jovem e bela mulher que ficara abandonada no velho sobrado de paredes brancas, de muitas janelas e portas e de grades de ferro a protegerem os jardins que depois já não eram mais os mesmos, o inço lavrando entre os roseirais, as trepadeiras secando, o capim alto e as grandes árvores com seus galhos sem podar dobrando pelo peso das folhas que fanavam amareladas.

Para onde fora, por que sumira o rapaz que lhe passava as mãos sujas de giz pelo rosto e pelos cabelos? Que fim levara aquele outro que trançava o taco pelas costas e batia nas bolas com a precisão matemática de quem fora gerado e amamentado sobre uma mesa verde de sinuca e que uma noite a carregara assustada escada abaixo, até chegarem os dois junto da mesa sólida e retaca, de pesados pés, e que a deitara no feltro duro como se a mesa fosse um grande leito forrado de penas e de edredons, sob o foco escaldante da grande lâmpada, e ali mesmo, despidos e puros, hábeis e certeiros, tinham se amado como numa partida de fortes, ponto por ponto, marcando cada jura de amor com um número cabalístico na lousa até o traço final que indicaria a soma daquela doce disputa, mas renhida, travada entre suspiros e crueldade. Sumira. Um frio percorreu-lhe a espinha ao lembrar-se das longas tardes sem ninguém, esquecida e só, comendo as abarrotadas tigelas de ambrosia polvilhada de canela; os fios de ovos caramelados, os bombons com recheio de licor, as cucas barradas com geléia e os pãezinhos de mel acompanhados por fatias de queijo-de-minas, as canecas de cerâmica com chocolate fumegante preparado com leite e gemada, cravo e canela, bebido amorosamente, sorvo a sorvo; o retrato do Coronel Quineu na parede da copa entre arranjos de flores e de fitas, sobre a geladeira farta que se abria ao toque dos seus dedos e que era como um grande cofre de muitos prazeres e boas surpresas.

Então chegaram as meninas, uma a uma, para os trabalhos da cozinha, da arrumação da casa, para bater os tapetes e preparar a sua cama, coar o café da manhã e preparar as torradas com manteiga e fatias de bacon, as talhadas de mamão, as omeletas de banana; as mocinhas que vieram para espanar o salão de bilhar e polir os cobres das lamparinas e dos tachos que pareciam pingos de fogo nas brancas paredes. Cada uma das pretendentes passando por seu minucioso exame, a beleza das mãos, o rosto bem proporcionado, os olhos, o corpo bem feito, as pernas firmes, os pés delicados, os cabelos macios e flexíveis; uma cama de latão para uma, outra cama de guardas de madeira para outra, os travesseiros de pena e os lençóis de linho e a cuidadosa escolha dos novos rapazes que acorriam à antiga mesa de sinuca e que agora borboleteavam de quarto em quarto, no revezamento suado de Dona Anja para uma menina e novamente para Dona Anja e outra menina até o triste dia em que ela sentiu fortes dores no ventre, um terrível peso sobre os rins, tonturas e suores frios, noites inteiras em delírio, febre escaldante a queimar-lhe as têmporas e todos os rapazes e todas as moças espantados pelos cantos do casarão, ela entre a vida e a morte, na prolongada agonia entre os lençóis do hospital, depois a desventração dolorosa, a longa espera pelo descanso eterno que afinal não chegara e o retorno ao quarto amigo que lhe devolvera a paz, mas jamais o amor. Quando os rapazes penetravam furtivamente na intimidade do seu pequeno mundo, ela sentia náuseas e ânsias, contrações e dores; expulsava os intrusos delicadamente, não me leve a mal, estou ainda muito doente, passo muito mal as minhas noites, bate no quarto de uma das meninas, aí vem uma delas, boazinha, me trazer bombons. Às vezes era o copo d'água; a tigela de doce de coco; o espelho para examinar a cansada expressão do rosto. Um vazio imenso dentro dela, oca e inerte, fria e indiferente, tudo como o grande castigo que o padre costumava citar nas longas e tediosas missas dominicais.

Em determinado momento percebeu que estava pobre e que precisaria vender o antigo sobrado de paredes caiadas de branco, de muitas escadas, portas e jardins, janelões abertos para o verde encantador da praça, para o coreto cercado de hortênsias, para o movimento das pessoas que entravam e saíam do clube, ou da igreja, ou dos correios ou que simplesmente passeavam nas calçadas naquelas noites mornas e abafadas de dezembro. Mas o padre se mostrava nervoso e apreensivo com o aparatoso entrar e sair dos rapazes na casa antigamente austera; as senhoras da melhor sociedade protestando junto aos maridos e, surrepticiamente, ao próprio Delegado de Polícia que tinha mulher e filhos em idade de compreender que nem tudo era um mar de rosas na moral da cidade.

Agora, na noite cálida do longo mês de junho, Dona Anja sente um leve torpor nas mãos e nos pés, uma espécie de tontura que a distancia de todas as coisas que se encontram ao alcance de suas mãos. De palpável, mesmo, só o que ficara para trás, perdido em outras noites de junho, quando iniciava a sua vida em comum com as meninas, uma nos afazeres da cozinha, outra na copa, nos jardins e nos cuidados da roupa branca, todas elas cuidando dos rapazes que se renovavam nas intermináveis partidas de sinuca na sala do rés do chão, ela que não saía mais e que a princípio mandava alargar saias e blusas, calcinhas e corpinhos, para logo depois perceber que não sobrava mais pano para as carnes que aumentavam e que a cadeira de balanço que fora da mãe de seu marido era a sua concha de paz, o seu casulo, fortaleza e berço.

Trocara o sobrado de paredes brancas por aquela chácara de belo e variado pomar, horta, casa com muitas peças e a agradável varanda recortada de arcos de pedra, venezianas verdes, um poço desativado que servia de floreira, entrada para carro. E como volta da transação o dinheiro para as reformas, adaptações, cuidados com o jardim, reconstituição dos muros, mais quartos de banho, um nicho na parede lateral para entronizar a imagem de Nossa Senhora Aparecida Padroeira do Brasil de manso olhar para o verde da paisagem doméstica que acabava entre coxilhas no horizonte. Os longos preparativos para os quartos das meninas, camas de latão e camas de cana-da-índia, de pau-ferro, lavatórios e pias coloridas e lavabos com saboneteiras embutidas, porta-toalhas niquelados, lâmpadas mortiças, cinzeiros de concha do mar e radinhos de pilha para pegar depois da meia-noite os programas de tango com poesias de Gabriela Mistral, Garcia Lorca e Miguel Hernández e duzentos bandoneones com o som dorido e chorado de concertinas antigas.

De lá para cá – agora Dona Anja sorri discretamente, embalada pelos pensamentos erradios – ninguém mais chamava a sua casa de prostíbulo, nem de conventilho, lupanar, pensão, alcouce, nem bordel e nem serralho, mas simplesmente de A Casa. Se quiserem, A Casa de Dona Anja. Um lugar tranqüilo, com meninas pacientes e encantadoras, cerveja gelada de quebrar os dentes e de dar cãibras no céu da boca, uísque honesto, gim com tônica e rodelas de limão galego, bastante gelo, ou campari com soda, negrone preparado na hora, cuba-libre para os saudosistas, pernô pingado a gotinhas numa pedra de açúcar sobre gelo moído, discos levemente empenados com músicas suaves a meio-tom, Golden Clarinet desfiando *Stranger on the Shore*, *Let's Dance*, ou *Noite de Lua*, *Abismo de Rosas* pelos dedos mágicos de Dilermando Reis, ou *Tristesse*, *Sonata ao Luar* ou *Ruas de Espanha*.

A Casa – o majestoso corpanzil de Dona Anja estremece como que sacudido por terremoto de longínquo epicentro –, que pagava as suas quotas de segurança policial religiosamente, que não deixava as suas meninas perambularem pelas ruas e lojas com pintura na cara ou com vestidos de generosos decotes, que não permitia janelas abertas a não ser pela manhã quando as faxineiras tiravam o pó e consertavam os desleixos da noitada, quando sacudiam as cortinas enfumaçadas e batiam os tapetes de encontro aos muros. A Casa consolidara o seu conceito de pacata e ordeira, discreta e limpa. Até as senhoras da cidade passaram a conviver harmoniosamente com a idéia de que existia uma casa de mulheres na cidade, sem que isso pudesse representar graves riscos para as mocinhas da sociedade. Antes pelo contrário, era um descanso saber-se que os fogosos rapazes das boas e distintas famílias tinham onde aliviar os seus ardores da idade, desabafar as suas comichões de virilha e ainda por cima com a segurança de que as mocinhas coletivas eram examinadas todas as semanas pelo médico do Posto de Saúde e que até papel oficial assinava como garantia de que o doce e perfumado rebanho de Dona Anja permanecia hígido e livre daquelas vergonhosas doenças que atacavam os jovens mais afoitos e menos prevenidos. A Casa, freqüentada pelas mais altas e conspícuas autoridades locais: o prefeito municipal, o delegado de polícia, os senhores vereadores de ambos os partidos, professores e profissionais liberais, grandes plantadores de arroz e de soja, representantes comerciais e membros do Rotary Club e do Lions que ali chegavam para trocar de domadoras por algumas horas nas belas noitadas e ainda a fauna dos turistas que eram atraídos para as festas do Centro de Tradições Gaúchas, onde corria sempre o assado e o mate, com bem jeitosas prendas de vestidos de chita estampada, flores presas nos cabelos, sapatinhos de tornozeleiras, mas que apesar de tudo isso não chegavam aos pés das meninas de Dona Anja que se apresentavam também garridas mas que a seguir despiam os panos e se ofereciam desnudas e fáceis para a gula dos clientes, enquanto que as meninas tradicionalistas regressavam ao lar materno com o corpo em brasa e com todos os seus infindáveis desejos trancados a sete chaves, cadeado de segredo para a eventualidade de qualquer desfalecimento de caráter.

Dona Anja passou a macia mão sobre os cabelos encaracolados de Neca e disse, ajuda a mãezinha aqui, filho, quero ir para a minha cadeira de balanço lá na sala; ai meu Deus, vamos ter uma noite movimentada hoje, sabe, vão decidir o caso do divórcio lá em Brasília, todos acham que desta vez ele passa. Neca arregalou os olhos travessos: cruzes! não me diga uma coisa dessas, mãezinha, querem maltratar a Santa Madre Igreja, os seus Dez Mandamentos, a autoridade do Papa. Dona Anja fez um novo carinho, iniciou o esforço para sair da larga cama. Mal ajudada pela quase desvalia do jovem, afinal transladou-se com dificuldade, ofegos ruidosos, ais e gemidos, maldições discretas.

A cozinheira Elmira esperava que ela por fim se acomodasse no cadeirão e quando lá fora escurecia de verdade levava para a patroa o jantar caseiro farto e cheiroso, sopa de legumes com milho verde, carne assada no forno com batatas coradas, grossas fatias de pão d'água, compotas de sobremesa, ovos queimados e ambrosia, três bombons recheados como um toque sutil de apurado requinte. Para arrematar, chá-da-índia.

Neca beliscava as sobras, como um passarinho cativo. Dona Anja batia-lhe nas mãos, zangada (mas adorava que ele fizesse assim). Depois repartia com ele a sobremesa generosa. Tudo acabado, pedia ao rapaz que lhe puxasse o vestido de franjas (Neca dizia: este vestido com tantos babados deixa a mãezinha tão gorda!). Dona Anja fazia um muxoxo e ria de sacudir a papada flácida, não estava ligando para a gordura, queria apenas que o decote deixasse à mostra uma boa parte do regaço, enquanto tratava de acomodar o corpanzil entre coloridas almofadas de pena.

III.

Onde se narra a curiosa história do tenente-coronel do regimento local que costumava freqüentar a casa de Dona Anja pelo meio da manhã de todas as quartas-feiras, deixando o cavalo à soga no jardim dos fundos, entre árvores, flores, besouros e vespas, acompanhado pelo ciúme doentio de Neca, o jovem da casa, que sonhava com o oficial e desejava, pelo menos, segurar as rédeas do fogoso corcel.

CHOLA HAVIA SE ENCARREGADO de deixar o salão principal como um brinco. Mesas e poltronas bem dispostas, sofás ao longo das paredes, persianas corridas, só a claridade cor de âmbar filtrando das lâmpadas de mesa. Puídos aqui e ali desapareciam com as sombras da noite, no lusco-fusco dos meios-tons. Os almofadões massacrados pelos casais que se descobriam durante um bom tempo, mão nas mãos, tentativas tímidas, assustadas, ou ousadas e cruas, penetrar de dedos ágeis nos segredos das meninas, o aparente negaceio delas para provar que eram recatadas e que acima de tudo se davam ao respeito (em primeiro lugar o respeito, dizia sempre Dona Anja; mulher que não se faz respeitar é mulher que pega homem na rodoviária ou fica rodando bolsinha de contas coloridas na meia-luz dos parques infestados de marginais). Antes das incontidas alegrias da cama, o respeito. E assim lá se iam os cetins das almofadas, os bordados florais, os gorgorões.

– Cholita querida, como estão as meninas? – queria saber Dona Anja com o passar das horas.

– Todo arreglado.

A dona da casa suspirou fundo, demonstrando estar satisfeita. Disse que a noite seria toda especial.

Avisou, não quero ninguém estranho aqui, a casa hoje é só para os amigos do peito, os entes queridos, as autoridades (ela adorava pronunciar a palavra autoridade, bochechas esticadas, olhos coruscantes); determinou que colocassem o aparelho de televisão num canto apropriado para que todos pudessem enxergar o vídeo de qualquer ponto da sala; traz o radinho de pilha que está no meu quarto, e outra coisa importante (frisou, deveras importante): nada de luz acesa na porta da rua, hoje é como se fosse dia de Natal.

Chola sumiu na porta do corredor, gritava para as meninas, dava ordens rápidas, especulou na cozinha cheirando panelas e travessas, depois tratou de arranjar-se ela própria.

Como estavam numa quarta-feira nublada de junho, Cholita fora a única a receber, bem na metade da manhã, o primeiro cliente. Ouvira os cascos do cavalo nas pedras do pátio, depois o ruído tilintante das esporas no corredor da casa e logo a seguir divisara o vulto erecto e varonil do senhor Tenente-Coronel do Regimento de Cavalaria que afinal penetrou no quarto imerso em morna penumbra, ainda com o cheiro agridoce do uísque e a morrinha das guimbas de cigarro que se entranhara de maneira definitiva nas cortinas, nas cobertas e nos tapetes.

O Senhor Coronel – Chola não deixava por um instante sequer o tratamento cerimonioso para com o disciplinado oficial –, homem de poucas palavras, comedido nos desejos inconfessáveis, rude nos momentos capitais e que para não criar vínculos comprometedores fazia questão de deixar, invariavelmente, o dinheiro na mesinha-de-cabeceira. Como sempre, tirava o dólmã, despojava-se do cinturão e do revólver, desafivelava as correias das esporas, estendia os pés para a menina e, com seu inestimável auxílio, sacava as botas justas. Depositava, enfim, os culotes no espaldar de uma cadeira, despia a camiseta de física, deixava escorregar pelas pernas arqueadas as cuecas brancas, modelo samba-canção, e se enfiava para o miolo das cobertas quentes, sem uma palavra.

Chola deixava-se trotar, respirava com dificuldade sob o peso do hábil cavaleiro; submetia-se dócil às diversas andaduras, o passo inicial, lerdo e batido como numa espécie de reconhecimento de terreno; o trote miúdo, curto e acelerado; o galope triunfal no seu primeiro tempo, no segundo, no terceiro até o tempo de suspensão. Ele manobrava o corcel com engenho e arte, revivendo os admiráveis cavaleiros graduados na famosa Academia Duplessis-Mornay ou na Petite Ecurie de Versalhes ou então, quando chegava o momento supremo, ele sonhava com os clarins (ele chegava a ouvi-los) e com os toques marciais da Viena ali relembrada através da História e das glórias da não menos célebre Spanische Hofreitschule; rédea curta, joelhos firmes, oficial e montaria num só corpo, uno e indissolúvel, o sangue a latejar como empurrado por um só poderoso coração. Chola submetia-se passiva à cadência marcial, têmporas latejando como tambores a rufarem diante de um pelotão de fuzilamento até a descarga completa, final, repentina, mortífera.

Chola sentia sempre no macho resfolegante o odor cáustico do cavalo que escarvava lá fora, mas aquilo mesmo era o que lhe dava um estranho prazer que só o excelente comandante podia lhe proporcionar durante o fecundo galope de carga, lança em posição de combate, empunhadura cerrada, apoio certeiro na alça do estribo, atravessando vales e penhascos, morros e planícies, numa arrancada épica que a deixava literalmente arrasada, vencida, prisioneira indefesa e grata, alimária submissa e muda, fortaleza estuprada diante das trombetas varonis do valente centauro. O prazer dele, naquele morno e aconchegante picadeiro de flores e cetins, tafetás e pelúcias, era igual ao de um deus do Olimpo no dorso de seu pégaso nas alturas.

Assim como chegava, saía. Tudo como num surpreendente filme de cinema mudo, passado de trás para a frente. Sobre a mesinha-de-cabeceira, ao pé de uma tosca imagem de São Cristóvão, o coronel deixava duas notas de cem, enroladinhas. E assim todas as quartas-feiras, fizesse frio, calor, sol ou chuva. Vedados os comentários. Uma questão de segurança, ele dissera um dia, de maneira peremptória e definitiva. Em caso contrário (sua branda ameaça até parecia pilhéria), a honorável casa de Dona Anja correria o perigo de ser arrasada por uma carga de cavalaria ligeira. Céus! Por certo o cavalo que ficava à soga no pátio seria de vidro, invisível, transparente, ninguém poderia pois enxergar o fantasma. Elmira sabia disso desde que o enigmático cavaleiro boleara a perna e apeara em busca da senhorita Chola, batendo nervosamente com o pinguelim de encontro às lustrosas botas de bezerro alemão. Neca espionava também, jamais perguntara o que fazia ali aquele resplandecente cavaleiro numa hora tão imprópria como o meio da manhã, hora em que as meninas descansavam o corpo martirizado da longa noite anterior, casa mergulhada na penumbra e ainda com aquele cheiro nauseabundo que costumava permanecer depois que o último freguês dava o último beijo na última menina e depois batia com a porta da frente, roncando o motor do carro que violentava o silêncio da madrugada.

Com o tempo, Chola aprendera bastante sobre artes marciais. E ainda mais, muito mais, sobre posições. Posição de sentido, na qual ela ficava insone, pressaga, atenta para descobrir os intuitos do coronel. Apresentar armas! Ela de pé, agressiva, petulante, olhar direto nos olhos dele e ele passando em revista os seios rijos, o ventre abaulado, as coxas carnudas, os joelhos roliços e macios com as covinhas laterais que o deixavam literalmente em transe, trêmulo e infantil. As vezes em que trazia no bolso da camisa um pacotinho amarfanhado, rasgava o papel diante da expectativa dela, afinal um presente, um papel de ligas daquelas antigas, largas, debruadas de seda, rosa cor-de-rosa, como uma valiosa condecoração por serviços prestados; então Chola levantava delicadamente o pezinho, estendia-o na direção das garras adúncas do amante marcial que tratava de enfiá-las pernas acima, deixando-as artisticamente colocadas naquela parte alva e veiada da pele acima dos joelhos. Ou então o corpinho de linho branco, elásticos nas costas, colocado por trás, mãos desajeitadas acomodando as carnes nos panos, o rego fundo, comprimido pelas alças que passavam pelos ombros, e o coronel lidando com as tiras de seda como quem coloca o freio num animal, o bridão entalado entre os dentes e a língua, o ajuste das tiras como loros segurando os dois estribos.

Em certas quartas-feiras ele tentava colocar a sela na sua montaria. Tirava dos bolsos da camisa e dos culotes com cuidado extremo, calcinhas brancas e azuis e negras e era como se ajaezasse o corcel arisco e passarinheiro mas com um jaez diferente construído de jérsei e doçuras de pluma, a carne alva semi-escondida pela transparência da malha tênue que deixava trespassar penumbras que a renda fina mais valorizava.

Outras vezes o jovem comandante chegava pelo meio da manhã, prendia como sempre o cavalo pelas rédeas, atravessava o corredor da casa adormecida e rodava a maçaneta da porta do seu picadeiro. Cholita já o esperava, às vezes sem dormir, que não valia a pena deitar a cabeça no travesseiro para um sono de apenas uma ou duas horas. Ia para a cozinha e preparava um café bem forte e quente, depois tomava um banho demorado, minucioso (nunca se sabia onde o coronel se empenharia na batalha da semana, suas tropas eram polivalentes) e borrifava de perfume os pontos tidos como estratégicos para a guerra íntima que dentro em pouco se travaria no retângulo dos lençóis novos e engomados, alternando os aromas crus que lembravam ervas, milho, alfafa, capim-limão, óleos com a essência de sândalo, de citronela ou de patchuli, voláteis pelo calor natural do corpo, penetrantes e passageiros sem deixar maiores marcas e nem sinais no corpo do heróico militar que a seguir retornava ao quartel para um demorado banho logo desfeito pelas mesmas roupas impregnadas de suor de cavalo.

Pois em algumas quartas-feiras o coronel girava o trinco da porta, entrava em silêncio, sentava-se numa cadeira e fazia com que Chola entendesse o seu sinal de bandeira branca, seu pedido de tréguas ou de armistício geral, precisava descansar naquela manhã tranqüila, ela não precisaria tirar suas botas e nem os seus culotes, queria tão-somente descansar, repousar o corpo naquela cama tida por ele também (uma espécie de propriedade em comum) como sua cama, sua tenda árabe, repouso semanal do guerreiro. Era quando Chola sabia que o amante ansiava por uma xícara de café fumegante, pois não adiantava nada despir a camisola especial de rendas e oferecer a beleza de seu corpo à luz do abajur lilás como nas demais quartas-feiras, provocando nele um frenesi de paixão momentânea além de esporádicos arroubos incontidos que em não poucas vezes tinha despertado a casa toda, as sonolentas meninas desacostumadas com clientes tão matutinos e madrugadores. Ficava Chola como o cavalo que fora preso pelas rédeas no pátio e que procurava catar entre as pedras e canteiros um pouco de grama verde que por ali existisse. Sem dizer uma palavra, ele tomava o seu cafezinho com ar de supina gratidão, metia a mão no bolso do culote e tirava de lá as cédulas de cem que eram enfiadas sob o pedestal do encabulado São Cristóvão, testemunha muda e divina daquelas manhãs sem amor, e que até parecia agradecer ao coronel em nome da casa.

Dona Anja, depois, nada comentava. Quando desejava referir-se a ele dizia: aquele guapo rapaz. Longe de Chola falava no cavaleiro andante que irrompia corredor adentro, graças ao bom Deus a pé, pois que se intentasse um dia entrar a cavalo, na certa que o faria sem maiores obstáculos. Um dia Dona Anja quis saber se ele estava perto de ser promovido a general (era o sonho dourado de sua vida abrigar sob seu teto uma tão elevada patente), mas Cholita cortou pela raiz sua curiosidade dizendo que não sabia de nada, não costumava perguntar e nem ele era homem de responder, não lhe interessava bisbilhotar a vida de quem sempre preferia manter o anonimato silencioso, discreto, reservado. Montava bem – e isso para Chola era o essencial.

Nesta quarta-feira de junho, estranhamente cálida Chola acompanhara o garboso militar até a porta dos fundos, vira-o desatrelar as rédeas ainda presas a um galho de cinamomo, levantá-las por sobre as crinas cor-de-mel, enfiar o pé esquerdo no estribo e montar com a agilidade de um menino ou de um índio guarani. Ficou ainda um pouco mais ali na porta, até que não mais ouviu as castanholas dos cascos nas pedras das ruas; entrou, enfiou-se mais uma vez na cama desfeita e dormiu até o meio da tarde. Ao acordar (não sabia o dia do mês, da semana e nem que horas eram), suspirou tão profundamente como se desejasse ouvir novamente o plac-plac das ferraduras do cavalo nos fundos da casa. Olhou o relógio, espreguiçou-se e entrou para debaixo do chuveiro elétrico.

Agora, Chola prendia os cabelos. O espelho refletia o rosto macerado, os maxilares salientes, os olhos puxados, a pele já com indisfarçáveis sinais do tempo. Saiu para chamar as meninas. Batia forte em todos os quartos: Eugênia, Lenita, Rosaura, Cenira, Arlete. Encontrou Neca, leve e esvoaçante. Pediu a ele que fosse avisar ao guarda Amâncio que a casa estaria fechada naquela noite para viajantes e desconhecidos; o guarda sabia quais eram os convidados, Dona Anja lhe dera uma relação completa, incluindo possíveis surpresas. Ele é tão estúpido, disse Neca, que acho melhor repetir tudo de novo. Chola enumerou, temendo esquecer alguém importante: o prefeito, o presidente da Câmara de Vereadores, o Professor Paradeda, Zeferino Duarte, o Vereador Pedrinho Macedo, o Eliphas com Ph. E o Dr. Rutílio, que é bem capaz de aparecer, pois delegado de polícia nunca fica do lado de fora. Lembrou-se do médico que não tinha dia e nem hora para chegar e abancar-se. Foi quando bateu na testa ao lembrar-se de outro ponto:

– Toma nota de uno detalle que és mui importante.

Preveniu que o plantador Zeferino era bem capaz de trazer consigo, a tiracolo, o Atalibinha, seu filho imbecil. Foi quando fez um gesto de enfado ou de cansaço, tanto fazia.

Neca foi refrescar a memória de Amâncio e retornou amarrando a fralda da camisa de cambraia na cintura, mãos afofando os cabelos, lânguido e etéreo. Encaminhou-se para a dona da casa: mãezinha, vou ligar a televisão, está quase na hora do segundo capítulo do Espelho Mágico. Acercou-se do aparelho, apertou um botão e esperou algum tempo até que a imagem surgisse imprecisa e tortuosa, tremelicante, insegura e barulhenta, cores a espocar pelo vídeo de luz intensa, botões apertados aqui e ali até que a imagem começou a ganhar nitidez com tons de vermelho vivo, Dona Anja reclamando, ele que regulasse as cores, as pessoas pareciam ridículos camarões cozidos, determinou que regulasse os botões inferiores, um pouco mais, até que se deu por satisfeita, ele que não mexesse em mais nada para não estragar tudo novamente.

Recolhendo-se ao pé da dona da casa, como um cãozinho, Neca relembrou, meio agastado e sentido a chegada do coronel de cavalaria na manhã daquele dia, o ruído das patas do cavalo no pátio e o odor do estrume que lá ficara. Ele costumava espiar o cavaleiro que à distância, através da fresta da porta de seu quartinho, lhe parecia um audaz guerreiro dos tempos de Ricardo Coração de Leão em busca de novas virgens, numa revivida e emocionante cruzada de Afrodite; Neca só conseguia repescar o sono muito depois de ouvir desaparecer na lonjura o ruído da montaria transportando o seu deus. Espiou Chola com o rabo dos olhos e pela sua cabeça passou uma série de imagens que adejavam por sua mente durante aquela hora e pouco em que o domador assumia as rédeas e tornava a potranca mansa de vir comer a pedra de açúcar na palma de sua mão. Jamais confessaria, mas se ralava de inveja, de ciúmes doentios e de tal maneira e com tanta intensidade que a cabeça começava a doer-lhe e só duas aspirinas com um copo de leite gelado eram capazes de abrandar-lhe as quenturas. Sonhava em esperar numa dessas quartas-feiras mágicas o coronel que chegava ao pátio e apeava de seu cavalo de longas e sedosas crinas, picaço de cara cortada por malhas brancas, resfolegante e nervoso, oferecendo-se para segurar as rédeas enquanto o guerreiro estivesse morrendo de amores nos braços da castelhana. Passaria as mãos na tábua do pescoço e conversaria com o cavalo amigo, daria a ele torrões de açúcar, compraria alfafa verde e cheirosa, encheria de milho um embornal qualquer; espantaria as moscas varejeiras e lhe daria água fresca. Sonhava com essa demonstração de amor. Seria o início, pensou emocionado.

Dona Anja fez-lhe um sinal, sacudiu as mãos carnudas, queria que o rapaz diminuísse a intensidade do som, a novela ainda nem começara. No portão que dava para a rua, o guarda Amâncio esquadrinhava os arredores, para a direita, para a esquerda, e ninguém. Mas ele estava certo que os convidados não tardariam. Um carro aproximou-se da casa, faróis acesos, estancou; alguém lá de dentro perguntou a ele que diabo estava acontecendo por ali, pois até a luz de entrada permanecia apagada.

– A casa hoje está fechada. Doença séria numa das meninas – mentiu ele, sorrindo para dentro.

IV.

Enquanto as meninas românticas acompanham o desenrolar da novela Espelho Mágico, o plantador de soja e trigo Zeferino Duarte recorda-se dos áureos tempos do American Boate, enquanto o seu sangüíneo filho Ataliba luta gloriosamente com a índia Cenira que possui segredos dos feiticeiros de sua tribo, mas que mesmo assim não consegue extinguir o vulcão que habita as entranhas do rapazinho.

AS MENINAS FORAM CHEGANDO em ordem, arredias, desconfiadas. Desfilavam sestrosas diante da cadeira de Dona Anja que se balançava suavemente enquanto examinava atenta os arranjos de cada uma: estica esse vestido nas costas, Arlete, ou os peitos terminam caindo no copo do cliente; tira um pouco dessa pintura, Lenita, a cara parece igreja velha recém-rebocada; Rosaura, volta lá para dentro e trata de enfiar as calcinhas (a menina anda muito distraída, ultimamente); e tu, Eugênia, mantém bons modos quando estiver ao lado do prefeito, pelo menos aqui no salão, diante de todos (no quarto são outros quinhentos e eu nem quero saber e nem me interessa). Estendeu o braço de carnes flácidas, soltas: vão ficando por aí mesmo, meninas, o Neca vai providenciar um coquetel de frutas para todas, mas hoje como oferta da casa (termina saindo do uísque dos nossos caros amigos). Fez um sinal com a mão, quase imperceptível. Neca aproximou-se num passo de dança, colocou nos lábios da patroa amada uma cigarrilha chocolatada, acendeu pressuroso um fósforo e aguardou paciente que ela assoprasse forte a primeira baforada.

Cenira (o sangue índio tingindo a pele de escuro e encorpando as maçãs do rosto) quis saber afinal que diabo de festa estava por sair. Olha a bugrinha do toldo de Nonoai, exclamou Neca meio escandalizado. Cala a boca, menino (Dona Anja ralhou), eu exijo respeito debaixo deste teto; (voltou-se para a indiazinha) eu explico, minha filha, o Doutor Chico Salena pediu para reunir os amigos aqui em casa, eles querem ouvir a transmissão de Brasília, sabe, os deputados hoje vão votar a emenda do divórcio, é coisa muito importante, e depois ele ainda pediu para não deixar entrar nenhum estranho e que todos vão só beber uísque estrangeiro, nada de cerveja hoje, o que é muito importante, muito bom mesmo para a casa. Levantou o braço direito num olé em câmara lenta: uísque estrangeiro, minhas filhas!

Eugênia, a preferida do Doutor Chico – corpo bem fornido, grandes peitos a estourar as costuras –, sorriu compreensiva. Contou para Dona Anja que o padre da matriz falara nisso durante toda a semana e em todas as missas e ainda no último domingo, quando aproveitou para dizer que o diabo andava à solta e que era preciso prevenir os cristãos contra todas as tentações do pecado; ele chegara a dizer que tudo não passava de artes e artimanhas do próprio Satanás, dos judeus e dos comunistas; ontem, quando eu já estava na porta, ele me bateu aqui atrás com a mão aberta (chegou a doer) e disse vai minha filha que o Apocalipse está chegando (este padre, que Deus me perdoe, não é de confiança Dona Anja). Ora, menina (disse Dona Anja sorrindo matreira), qualquer dia destes ele vem aqui, deita com uma de vocês e muda logo de opinião; sabe, ele também é homem e não vão ser aqueles tais de juramentos que tirarão dele o gosto pelas intimidades femininas; e agora trata de sentar ali bonitinha, vai assistir à novela e mais uma vez não esquece da recomendação, nada de arreganhos com o Doutor Chico que o pobre sofre do coração. Eugênia ainda perguntou, interessada: se vier o divórcio, Dona Anja, será que fica mais fácil da gente casar? Que menina mais estúpida, Santo Deus, trata de ficar bem caladinha para não correr o perigo de morder a própria língua. Neca levou um cinzeiro para a patroa.

– O Tarcísio Meira, digam o que disserem, é para mim o maior artista brasileiro de todos os tempos – exclamou o rapaz visivelmente emocionado.

O primeiro a chegar foi Zeferino Duarte, plantador de soja e de trigo, barba eternamente por fazer, morrinha de suor no corpo e vozeirão de tropeiro. Deu um boa-noite geral, ficou segurando a porta, impaciente:

– Este menino não sabe nem trancar o carro, Santo Onofre! Vamos, Atalibinha, depressa.

O filho chegou devagar, olhou para a sala toda, numa lenta visão panorâmica, fixou a mirada na indiazinha que sentiu um ligeiro calafrio na espinha e pediu socorro, com os olhos espremidos, para Dona Anja. Atalibinha puxou uma cadeira para junto da menina, meteu rápido a mão por debaixo do vestido leve, espiou pelo decote (vamos para o quarto, meu amor?) e depois virou-se para a dona da casa: não faz mal que a gente vá logo para a cama Dona Anja? Ela não respondeu logo, preferiu saber da reação do pai que sorria de dentes à mostra, brilho nos olhos, esfregando as mãos de contente, a fazer sinais de concordância com a cabeça.

Por mim, disse Dona Anja como a querer demonstrar indiferença, tanto faz. O pai riu alto, tapando a boca com a mão: desculpe, Dona Anja, mas este rapaz tem uma quentura de mico; sabe, na idade dele eu era a mesma coisa e depois de casado e cheio de filhos a minha mulher ainda dizia, cruzes, mas não chega nunca, Zefa? Virou-se para Cenira: vai, minha filha, e depois vem buscar aqui o teu dinheirinho que, é sagrado, mas trata bem o menino, que ele merece. Deixou que Ataliba saísse da sala arrastando pela mão a trôpega indiazinha que sabia muito bem o que a aguardava no quarto. Logo depois o pai quebrou o silêncio desagradável que se instalara na sala onde só eram ouvidos os diálogos da novela. Bateu palmas, mas afinal até parece que estamos todos num velório e os parentes do morto não servem sequer um cafezinho para as visitas trocarem de cuspe! Dirigiu-se à dona da casa para reclamar uma dose dupla de uísque e a seguir para saber que fim tinham levado todos aqueles que deviam estar ali a fim de acompanhar a votação de Brasília.

Dona Anja (uma jamanta de paciência): calma, Seu Zeferino, eles não devem demorar, é cedo ainda e a Chola vai providenciar agora mesmo uísque e bastante gelo. Ele perguntou se todas as meninas acompanhavam o Espelho Mágico e informou que a sua mulher Teodora ficara lá grudada diante da televisão feito uma doida, eu disse para ela: Teodora, vou levar este menino lá na casa de Dona Anja, ele está precisando de desaguaxar senão termina estourando a virgindade de uma filha de um amigo qualquer e lá vem incomodação que não acaba mais. Fez uma parada para pigarrear e prosseguiu, passando a língua nos lábios: o menino até que sabe escolher, esta indiazinha tem artes do diabo, deve ter aprendido com a mãe dela que descobriu mágicas de cama com o feiticeiro da tribo; a diabinha deve ter todas as partes íntimas forradas de brasa, além daqueles macetes de queimar erva de cheiro no quarto que são de reviver defunto; e olhem que eu falo de experiência própria que já manobrei várias vezes esse caterpílar de fazer amor e eu digo que, se ela praticar com o Atalibinha a metade do que praticou comigo, palavra que transfiro para ela vinte por cento do que vou receber este ano do Banco do Brasil pela safra de trigo e isso que o ano não foi dos melhores, o que safou mesmo foi a manobrinha do calcário que permitiu que muita gente tirasse o pé do barro. Então coçou a cabeça e ficou a falar sozinho: é o diabo a gente plantar trigo neste Rio Grande, mas o que se vai fazer? o governo conta com a gente e na verdade a gente precisa contar com o governo, uma mão lava a outra e as duas lavam a cara, entenderam? precisamos de divisas, o negócio é exportar e cá estamos nós para atender ao apelo, ou eu não estou conseguindo me fazer entender pelas distintas?

Notou que todas as meninas estavam embebidas no desenrolar da novela, que Dona Anja comia mais um bombom e Neca com lágrimas nos olhos, que era um rapaz muito sensível para as coisas de arte. Fixou-se nas cadeiras largas de Eugênia, na cintura bem torneada, nos cabelos jeitosos e na pele clara e macia da menina e foi chegando para junto dela, chegando como quem caminha sem rumo, distraído, até que botou a mão grande e pesada no seu ombro descoberto: então, como está hoje a minha novilhazinha de carne tenra? A moça encolheu o corpo, pediu silêncio com o dedo atravessado sobre os lábios e prosseguiu firme na novela e indiferente à presença do plantador ali pertinho dela.

— Mas então é assim que se trata um amigo do peito, um amigo da casa? — reclamou zangado.

— Seu Zeferino, Seu Zeferino — disse Dona Anja com ar forçadamente maternal.

Ele arregalou os olhos e demonstrou muito espanto. Depois fez cara de tristeza: já sei, a bela menina está reservada, como sempre, para o nosso caro e distinto prefeito, amigo e correligionário, o Doutor Chico Salena; hoje não é quarta-feira? pois que o nosso caro prefeito se divirta com o pudim dele e que tire bom proveito das suas doçuras, cuidando para não se melar todo e também para não cuspir o coração pela boca. Todo o mundo com os olhos grudados na televisão e indiferente ao que ele dizia com ponderação e bons modos. Se desse um soco em cima da mesa, se berrasse, na certa iriam dizer que ele, Zeferino Duarte, estava ficando maluco ou então que já estava bêbado. Notou que Dona Anja parecia preocupada e se assim fosse não haveria de ser por sua causa:

— A senhora mesma sabe muito bem que eu costumo respeitar mulher de amigo, ainda mais em dia reservado — e diante do ar incrédulo da dona da casa —, nem sempre, é claro, nem sempre, que a gente não é feito de ferro ou de miolo de pão.

Sentou-se numa poltrona, agastado. Passou também a olhar para a televisão sem entender nada do que ali se desenrolava, disposto a não fazer nenhuma pergunta que não era homem de dar o braço a torcer. Apurou o ouvido, era capaz de jurar que dali se ouvia os gemidos e os ais da índia sofrendo e penando debaixo do Atalibinha (saíra ao pai), mas o som da novela não permitia que ninguém naquela sala ouvisse o palavrório mais belo e excitante do mundo, um homem e uma mulher se amando como determinam as Sagradas Escrituras.

– E esta aí quem é?

– A Odete Lara meu Deus do céu! – exclamou Rosaura, irritada com a ignorância dele.

Zeferino resmungou, está bem, está bem, eu não sou obrigado por lei nenhuma a conhecer todos esses artistas de televisão e nem tão importantes eles são para a gente saber o nome de cada um, a religião que eles professam, os vícios que têm e nem se são casados, solteiros ou amigados, isto mesmo, amigados é que eles todos são e por isso mesmo querem o divórcio, os salafrários, terminam de fazer essa droga aí e posso jurar que vão ficar grudados no rádio para torcer pelo Nélson Carneiro, aquele outro boa bisca que bem podia ter dedicado a sua vida tratando de outros assuntos mais sérios. Agora sim, ouvira nitidamente um gemido profundo da indiazinha e até Dona Anja, tão discreta e acostumada com tais coisas, olhara para dentro denunciando uma certa preocupação.

– Deixe estar, Dona Anja, que ela ainda sai viva lá do quarto, o Atalibinha tem um jeito todo especial para lidar com meninas. Sabe, Dona Anja, o Atalibinha é daqueles tipos que já não se fabricam mais.

Para Zeferino, a sala esfumou-se naquele momento; ele revia a si próprio no antigo American Boate da rua Voluntários da Pátria, em Porto Alegre, ele num fim de noite, meio bêbado, esquecido pelos amigos numa grande cama onde três mulheres dormiam esgotadas pelos excessos de um compromisso muito bem pago (dólares, pesos, francos, marcos) para gáudio de um bando maroto de turistas argentinos durante uma Semana Santa de um ano perdido no tempo e na memória. Então abriu um olho para situar-se no tempo e no espaço, pois tudo se desenrolava como se fosse naquele momento; estendeu a mão esquerda e teria tocado num seio quente adormecido sobre os lençóis; a mão direita alisando o ventre de uma garota de pele escura e elástica; e com um joelho tocava as costas de uma loira adormecida, de claros braços, grandes pernas e agora se lembrava de quando ela virara a cabeça bonita, afastando os cabelos dos olhos, mostrando os lábios carnudos e sensuais e dizendo algumas coisas que o deixavam mole e derretido, numa doce intimidade que o atingia em cheio, não só naqueles tempos que não voltavam mais como ali, naquele preciso momento, em que sentia nas mãos o calor das antigas mulheres que logo depois eram esquecidas no quarto imerso em forte penumbra, ele ganhando a rua ensolarada, manhã alta, sol a pino, carros e bondes barulhentos, grandes caminhões de entrega empestando as ruas de negra fumaça e de buzinas frenéticas.

Mais uma vez Eugênia tirava de cima dela as mãos indiscretas do plantador de soja, perguntando a ele se não podia ficar quieto pelo menos enquanto durasse o capítulo da novela, pois ela sabia que assim que o Doutor Chico Salena chegasse ninguém mais se atreveria a lhe passar a mão, que o prefeito era de se fazer respeitar. Zeferino não disse nada, parecia concordar, mas um fiozinho de lembrança ainda o prendia àquela noitada de antigamente, o atendimento correto que dera à primeira das moças, depois o trabalho sobre a segunda e finalmente a apoteose nos braços da terceira diante do olhar de espanto das outras duas (e mais houvesse, dizia agora para si próprio, numa espécie de tontura que as lembranças lhe traziam), atenuando o fogo da paixão que afinal fora a herança maior que legara ao Atalibinha. Sua mulher Teodora estaria, àquela hora, na frente da televisão também, grudada na maldita novela, com todos os sentidos presos ao enredo, ao destino daqueles fantoches todos, que tanto representavam a tristeza como fingiam alegria, eram o que mandassem fazer, recebiam para isso, tantos cruzeiros por uma lágrima, tanto para um desmaio, zangas e broncas para ganharem o pão de cada dia. Teodora lhe dissera, naquela noite – quando ele havia anunciado que levaria o filho para casa de Dona Anja para desaguaxar – que ele tratasse de zelar pela saúde do filhinho, porque senão ele terminaria pegando uma doença qualquer, dessas de mulher da vida, e que nessas casas entra homem e sai homem, e elas nem têm tempo de higiene, as coitadas. Ele escutara tudo sem proferir uma palavra, sem protestar, preferia fingir que acreditava naquilo tudo só para manter a paz no doce lar, mas a sua vontade fora a de pegar a mulher pelo pescoço e dizer que ela dobrasse a língua, pois não sabia o que estava dizendo. Sem higiene as meninas de Dona Anja? Pois são as mais limpas, cheirosas, perfumadas e atraentes mulheres da cidade, até mesmo comparadas com muita esposa de papel passado. Mas em boca fechada não entra mosca e não entra nada. A mulher era bem capaz de infernizar a sua vida para saber onde afinal ele ficara sabendo a respeito das mulheres casadas da cidade e este era um assunto que ele preferia não comentar. Mudo tumular, jurara que não só o Atalibinha deitaria com uma das meninas de Dona Anja como ele próprio escolheria uma delas (pensava sempre em Eugênia) para deixar por uns momentos as realidades deste mundo e entrar flanando num outro que Teodora jamais desconfiaria qual fosse. Agora ali, olhando sem ver o Espelho Mágico, Zeferino mais uma vez estendeu a mão e agarrou o braço de Eugênia, que estremeceu assustada. Afinal, o que é, Seu Zeferino? Nada, disse ele, queria só sentir a tua carne e o teu calorzinho. Eugênia lembrou que o prefeito estava por chegar, que ele tivesse paciência, devia compreender. Ele então sorriu para a menina, sussurrou no seu ouvido que voltaria no dia seguinte (quinta-feira não era dia de prefeito e passaria a ser dia de plantador de soja) e que estava disposto a deixar na gaveta da cômoda uma nota de quinhentos, daquelas estalando e ainda cheirando à tinta de impressão, de maneira a retribuir à altura todos os seus encantos e todos os seus carinhos. Eugênia fez que sim, com a cabeça bonita, suspirou feliz lembrando antecipadamente o que faria com aquele dinheirão todo e retornou à novela.

Zeferino ainda tentou escutar, no meio da barulheira toda da televisão, as juras de amor e os gemidos escandalosos de Cenira mergulhada nos braços tentaculares do filho. Mas o quarto ficava distante e pouca coisa chegaria ali da luta corporal. Restou-lhe imaginar o menino impetuoso, o massacre do chefe pele-vermelha no corpo indefeso da indiazinha chorosa. Afinal, tudo se desenrolava como num filme de faroeste dos bons tempos, o mocinho espremendo a mocinha de encontro ao balcão do saloom, arrancando-lhe o vestido de anquinhas e satisfazendo os seus desejos diante de todos os fregueses que bebiam uísque zurrapa. Depois da cena emocionante (poucos diretores se lembravam desse insuperável tipo de atração de bilheteria), alguns tiros no candelabro, garrafas se espatifando nas prateleiras, mesas viradas, e covardes se escondendo atrás do balcão reforçado.

Olhou o relógio. Virou-se para Dona Anja que também estava mergulhada no Espelho Mágico:

– Afinal, onde está essa gente toda que ficou de vir hoje aqui para assistir à tal de transmissão?

Ela fez um gesto de quem não sabia. Depois tentou explicação razoável: vai ver todos estão assistindo à novela na companhia das suas esposas. Zeferino protestou, que diabo, o dia era de votação do divórcio e as novelas apareciam todos os dias, a coisa em Brasília ia pegar fogo e a desculpa de todos tinha sido uma reunião na sede do Partido a fim de acompanhar um assunto vital para as próximas eleições. Dona Anja disse que a sua casa não era sede de nenhum Partido político, graças a Deus, que a política costumava ficar ao lado de fora da porta, ao lado do capacho. Zeferino riu alto, sabia bem onde se encontrava, mas a lembrança de Dona Anja era coisa de aproveitar, imaginem aquela casa como sede da Arena, cada reunião de ficar gente pelo lado de fora, gente assinando ficha da manhã à noite, os jovens todos brigando por dois comícios em recinto fechado por dia. Ou por noite. Riu do próprio achado; iria propor ao presidente do Diretório na próxima reunião.

– Mas afinal, Dona Anja, enquanto o raio dessa novela não acaba, um vivente aqui morre de sede. Onde está o uísque da casa?

Calou a boca, de repente. Ouvira, nitidamente, o grito final da indiazinha, num misto de dor e de prazer, percebido também pelas demais pessoas que se encontravam na sala, apesar dos ruídos desagradáveis da televisão. Sorriu largo para a dona da casa, sacudindo a cabeça com ar significativo, enquanto Dona Anja fazia um sinal enérgico para Chola mandar trazer as bebidas. Para Zeferino, Atalibinha honrava as mais caras tradições dos Duarte, desde o provável chefe e, quem sabe, a pedra angular do tronco familiar, Dom Duarte, décimo-primeiro rei de Portugal, ou mesmo de um vetusto Duarte de Vacaria que, sem título de nobreza, costumava deixar em todos os lençóis das donzelas o sinete, o lacre inconfundível do sangue derramado nas refregas amorosas, ou a marca quente de sua virilidade na árvore genealógica de quanto pomar espúrio houvesse pelas redondezas.

Coração disparando, pagaria com uma safra inteira de soja o direito de estar agora naquele quarto encantado, vendo de perto o seu filho Ataliba a cumprir com seus inalienáveis compromissos.

V.

Episódio em que o pai demonstra para os presentes toda a sua admiração diante das espantosas habilidades de seu filho Ataliba nos embates amorosos que têm como palco especial um dos quartos da casa de Dona Anja e quando esperam, nervosos e bastante inquietos, que o Congresso Nacional, em Brasília, dê início à votação da emenda que estabelecerá o divórcio no Brasil, numa luta de vinte anos do Senador Nélson Carneiro.

Ouviram ruído no vestíbulo. A porta foi aberta pela mão calejada do leão-de-chácara. Entraram o prefeito (grossas lentes de fundo de garrafa, nariz farejando o ar como um cachorro perdigueiro) e o Vereador Comerlato, presidente da Câmara. Logo depois surgia o Professor Paradeda, homem de mais de sessenta (provedor da Santa Casa de Misericórdia), grandes barbas brancas (membro influente do Rotary Club), barriga esticando o pulôver elaborado em casa (presidente da Associação de Pais e Mestres do colégio local), meio deslocado entre a garrulice das meninas. Esperem um momento, pediu o prefeito, vem aí o Vereador Pedrinho Macedo, nosso ilustre adversário do MDB (virando-se para a dona da casa), pode fazer a gentileza, Dona Anja, de reservar uma boa menina para o nosso caro edil? a senhora sabe, essa gente da oposição precisa de muito estímulo a fim de levar avante a sua espinhosa missão, eu diria até a sua ingrata missão. O vereador apareceu na porta, cara de quem já havia bebido o suficiente naquela noite, seu olhar era vago e indiferente. O prefeito parecia disposto a provocar um pouco o amigo:

– Vamos, meu caro vereador, vossa excelência deve de imediato aplicar o Ato Institucional Número Cinco numa das meninas da casa. Todas merecem.

O rapaz fechou a porta com o pé, quase cortando o nariz de Amâncio, que ainda procurava bisbilhotar um pouco. Dirigiu-se para onde estava Dona Anja e beijou solene a gorda mão que lhe fora estendida. Depois procurou Lenita, beijou-a na testa com uma mesura exagerada e declarou em altas vozes que beberia naquela noite para comemorar a aprovação da emenda do divórcio pelo Congresso Nacional (numa demonstração de força popular contra o obscurantismo que desgraçadamente infelicita a nossa extremada e tão sacrificada Pátria); levantou o dedo como se estivesse na tribuna: neste País que sofre e arqueja sob o tacão de uma ditadura cruel! As meninas estavam atentas e admiradas diante da eloqüência do vereador. Ele sabia dizer as coisas de uma maneira toda especial, peito estufado e voz rebuscada na garganta. Lembrou-se, num átimo, do comício de encerramento da campanha da oposição nas últimas eleições; arrebatara a multidão que não saíra da praça enquanto o orador discorria sobre as injustiças sociais do regime iníquo e sobre a corrupção que lavrava de norte a sul, e foi aí que falou abertamente, para espanto de todos, afirmando que este mar de lama um dia secará e o solo haveria de ser vasculhado palmo a palmo para denunciar ao povo o quanto tinha sido esbulhado durante tantos anos sob a proteção da censura que a todos calava. O professor Paradeda pediu moderação, por favor, respeite as meninas que elas merecem, deixem a política ali na soleira da porta para que as pessoas de bem limpem com ela as solas dos sapatos. O professor era um conciliador nato, membro do Rotary Club da cidade, emérito nas aberturas das sessões, quando pedia que os presentes saudassem com uma salva de palmas o Pavilhão Nacional, entre comes e bebes que sempre deixavam um pequeno saldo para a caridade, que era a meta fundamental da instituição em quase todo o mundo. Com isso lucrava a Santa Casa de Misericórdia, da qual ele era o provedor (não possuía sequer instrumentos cirúrgicos e muitas vezes faltava mercurocromo e algodão), o asilo de velhinhos que mantinha sob o mesmo teto e sob as mesmas carências uma dúzia de necessitados que se não fora isso estariam morrendo debaixo das pontes e nas escadarias da igreja. O professor gostava de falar no projeto do novo asilo sob moldes norte-americanos, com salas de lazer, recanto para a televisão em cores, cozinha dietética, jogos e entretenimentos adequados à idade de cada um, além do convívio social indispensável para aqueles que se encontram abandonados pela família, largados num mundo hostil onde a velhice não tem mais lugar. Diante de tanto entusiasmo pela idéia da construção do novo asilo para os velhinhos, o prefeito lhe dissera um dia: mas que diabo, eu às vezes penso que o senhor está preparando a cama para nela deitar-se. O professor não achava graça, mas prosseguia impávido, não era daquele tipo de homens que se abatem diante do primeiro obstáculo e tampouco ligava para assacadilhas de terceiros. Sabia que no caso do prefeito tudo não passava de uma simples brincadeira, ele não o fazia por mal, mas na realidade, bem no fundo, revelava toda a mágoa da Arena por não ter tido a idéia em primeiro lugar.

Comerlato chegara a aplaudir o professor quando ele aconselhava a deixarem a política do lado de fora da porta, estavam ali para ouvir a transmissão de Brasília e para brincarem um pouco com as pacientes e encantadoras meninas de Dona Anja.

– Mas, raios, nesta casa não se bebe nada? – reclamou.

Bem neste momento todos ouviram uma zoeira vinda do fundo do corredor, uma voz feminina esganiçada dizendo assim tu me matas, céus, minha mãezinha me acuda, assim não, desalmado! Zeferino levantou-se diante do silêncio geral, braços abertos, largo sorriso exibindo todos os dentes:

– É o meu Atalibinha dando uma lição de macho, tratem logo de arranjar uma outra menina para o meu rapaz; veja aí, Dona Anja, mais meia dúzia de meninas, um bando delas, exatamente como no meu tempo quando numa noite só eu limpava um banco de mais de quatro metros de comprimento.

A negra Elmira entrou assustada na sala, cruz credo, esse rapaz ainda termina matando uma das nossas meninas e ninguém corre lá, ninguém socorre. Trazia nas mãos uma grande bandeja de madeira com uma garrafa de uísque, copos e balde de gelo. Comerlato arrebatou a garrafa: Vat-69! vejam só. Exibiu-a triunfal para Rosaura: lê aqui, minha preciosidade, lê bem devagar, isto não te sugere nada? um momento, faço questão cerrada de servir a primeira dose para Dona Anja, ela merece. Neca avançou enciumado: um momento, doutor, ela não gosta de uísque com gelo; Dona Anja gosta de uísque purinho; deixe que eu me encarrego disso.

– Calma, minha boneca, ninguém ainda botou gelo e vamos parar com esses ciúmes que não fica nada bem.

Dona Anja disse que preferia tomar o seu uísque no seu cepo de cristal branco, mandou Elmira buscá-lo, agradeceu ao vereador e pediu que ele aproveitasse a sua disposição para servir uísque para os demais, menos para as meninas que gostavam de outras bebidas mais fracas. Zeferino apresentou-se em primeiro lugar, copo na mão, língua passando nos lábios, vamos logo abastecer aqui o pai do menino que está lá dentro honrando as tradições de machismo desta cidade, duas pedras de gelo e uma dose dupla desse Vat-69 que bem merece a minha sede. Comerlato aproveitou para servi-lo com uma mesura exagerada: e mais alguma coisa, meu senhor? O professor veio buscar o seu e disse que um bom uísque exigia alguns nacos de bom queijo para sentar no estômago e no paladar. Chola disse que o queijo vinha logo e que ficassem descansados; que Dona Anja havia se preocupado com os menores detalhes, o essencial era que todos se sentissem bem, como se estivessem em suas próprias casas. Comerlato pulou: um momento, lá em casa não tem nada disso, não; o uísque é nacional, há uma mulher só e ela não deixa ninguém beber mais do que duas doses.

– E quantas doses pretende beber o meu caro amigo aqui na casa de Dona Anja, hoje? – quis saber o professor.

– Bem, isso vai depender da votação de logo mais; se passar a emenda do divórcio esvazio uma garrafa cheia, de tanta vergonha.

O Vereador Pedrinho, que se mantivera calado por tempo maior do que o habitual, bateu no braço da poltrona e disse que seguiria o exemplo do ilustre colega, beberia uma garrafa inteira se o divórcio fosse aprovado. E esclareceu logo para evitar confusões: mas de alegria por ver que o País deixaria o seu subdesenvolvimento social e cultural em que vivia chafurdado desde que D. Pedro I descansara as nádegas rechonchudas no trono brasileiro (foi quando aproveitou para repetir, como fazia sempre, todo o nome do Imperador: Pedro de Alcântara Francisco Antônio João Carlos Xavier de Paula Miguel Rafael Joaquim José Gonzaga Pascoal Cipriano Serafim de Bragança e Bourbon).

– O divórcio – exclamou ele em tom grandiloqüente – vai colocar o Brasil lado a lado, em pé de igualdade, com as nações mais adiantadas do mundo.

Comerlato parecia ter passado por cima da provocação enquanto bebericava, com moderação, o seu uísque; mas depois não se conteve e disse que o seu caro colega e adversário político bem que podia, então, beber só uma dose mais, pois ao que tudo indicava já trazia de casa ou de algum bar da cidade não apenas a metade de uma garrafa, mas seguramente uma garrafa inteira na barriga. Pedrinho ouviu e não ligou, disse que a emenda passaria no plenário do Congresso e que só restaria um remédio para os inconformados: chorar na cama que era lugar quente.

Quando ouviu falarem em cama, Zeferino saltou logo para o meio da conversa:

– Falaram aí no Atalibinha ou eu ouvi mal?

Recomeçou tudo de novo, se havia um pai que tinha de fato orgulho do filho que engendrara, ele se chamava Zeferino Duarte; a indiazinha, se saísse viva da refrega, poderia atestar o que ele afirmava com assinatura reconhecida em cartório de registro; e se alguém ainda tivesse dúvida, convidava o São Tomé para irem juntos até o quarto e lá ver, com os próprios olhos, como age um homem no desempenho de suas funções. Virou-se para Dona Anja:

– Posso levar meus convidados até o quarto, Dona Anja?

A dona da casa espantou-se: mas o que é isso, Seu Zeferino? Onde se viu uma coisa dessas e logo na minha casa que já está famosa até mesmo no Rio e em São Paulo pelo respeito que consegue manter dentro das suas quatro paredes; pelo amor de Deus, caro amigo, só posso acreditar que tudo não passe de uma brincadeira, pois sabe muito bem que eu não permitiria tal coisa. O prefeito interrompeu a dona da casa: claro que é uma brincadeira, Dona Anja, e nem o seu Zeferino ia permitir que estranhos fossem espiar o próprio filho pelo buraco da fechadura. Zeferino reclamou: mas eu não estava convidando ninguém para espiar pelo buraco da fechadura. Mais uma vez o prefeito interferiu: pois era exatamente o que eu estava dizendo. Então o plantador ficou quieto, ruminando os pensamentos, afinal ele convidara para abrirem normalmente a porta, sentarem ao redor da cama e assistirem como se estivessem num teatro, de entrada paga e tudo. Tornou a sentar-se na poltrona e ficou a mastigar uma pedra de gelo, com ruído enervante. Pensou: mas que diabo de puritanismo tem essa gente aqui na casa de Dona Anja, como se estivessem nos seus lares, como se as meninas fossem todas virgens, todos eles castos maridos e logo o prefeito que mantinha na praça principal a sua menina teúda e manteúda e que ficava ali no salão de agarramentos indecorosos com a menina Eugênia, mão enfiada no decote da moça, as escandalosas massagens executadas por debaixo do vestido, beijos de língua, e agora falando de moral, apoiando Dona

Anja no ilibado conceito de sua casa; ora vão para o diabo que os carregue! Pensou em levantar-se e ir ele próprio para o quarto onde o filho e Cenira lutavam como cão e gato; puxaria uma cadeira para o lado da cama e ficaria apreciando as habilidades do rebento e os segredos e mistérios da índia que devia reviver usos e costumes de tribos quem sabe até desaparecidas; o direito era todo seu, para isso era pai e amigo, pagava as mulheres do rapaz, dava conselhos e ensinava coisas que, se não fosse por sua experiência, o filho levaria a vida toda, por certo, para descobrir por seus próprios meios. Mas ficou onde estava, engolindo o gelo e a raiva.

Armava a coisa para o dia seguinte. Cenira cairia na sua rede no dia seguinte. Reunião com o gerente do Banco do Brasil para tratar do financiamento para os fertilizantes; Teodora jamais iria especular se o gerente faria ou não uma reunião com plantadores na sede do Clube Caixeiral; daria um jeito para segurar Atalibinha junto à mãe, correria de volta para a casa de Dona Anja, pegaria de jeito a indiazinha e então ela ficaria sabendo que é do couro que saem as correias, que filho de peixe peixinho é; trinta anos de suadas experiências com mulheres de categoria internacional, desde as antigas francesas até as castelhanas de malares proeminentes; um homem que a bem da verdade não tinha por que envergonhar-se, muito pelo contrário, sempre fora, em toda a sua vida, elogiado por mocinhas recém-iniciadas e por senhoras maduras com vivências que fariam suspirar a própria Marquesa de Santos.

Olhou o relógio. Este menino é bem capaz de machucar seriamente a pobre menina, que isso de ser índia não era defeito nenhum, nascia com as pessoas, vinha do passado, e que no dia seguinte iria saber, tintim por tintim, tudo o que se passara naquela noite, ela contando com riqueza de detalhes a renhida batalha, enquanto ele escutaria e aos poucos iria se desfazendo do cinto, das meias, da camisa (vamos, menina, continue contando tudo sem esquecer um suspiro), das cuecas (e que mais ele fez que se possa saber, fale, afinal sou seu pai e entre nós não deve existir nenhum segredo); levantaria as cobertas e penetraria entre os lençóis como um ladrão de jóias (tenho todo o direito de saber como se portou o Atalibinha, preciso depois corrigir os defeitos e ensinar os macetes antes que seja demasiado tarde e não ande ele fazendo papel feio por todas as camas da sua vida). Amanhã, jurou ele entredentes, mordiscando ainda os restos de gelo que boiavam no uísque aguado. Fez um sinal para Chola, queria reforço de uísque e de gelo, uma dose dupla, um chorinho a mais, tenho direito.

Chola notou que ele estava com um ar de quem anda boiando pelas nuvens, quis saber se estava bem, se não precisava de nada, era só pedir. Ele olhou para ela como se a desconhecesse, sorrindo alvar:

— Nada, minha gatinha, estou só pensando no meu garotão lá na cama com a indiazinha.

Puxou-a pelo braço, chegando a boca para junto de seu ouvido:

— Me diz uma coisa, tu já provaste o menino?

VI.

Quando os arroubos varonis do plantador Zeferino Duarte (depois da novela Espelho Mágico) são contidos pelo interesse acentuado das meninas por mais um capítulo da outra novela, O Bem-Amado, com Paulo Gracindo que comove o coração de todos, além dos salgadinhos que faziam as delícias do padre Antônio, quando enviados diretamente por Dona Anja para a casa paroquial, sempre que Elmira fazia demonstrações de perícia nas artes de forno e fogão.

AMÂNCIO, SOLÍCITO, GIROU a maçaneta da porta de entrada, espiou morrendo de curiosidade o salão acolhedor e anunciou, como um mordomo clássico, inclusive na impostação da voz: o Doutor Monteiro e o Senhor Eliphas (a vontade dele era a de abrir a porta, entrar e acomodar-se numa daquelas macias poltronas no salão, botar uma daquelas perfumadas e doces meninas sentadas sobre os joelhos, beber uísque e gozar das quenturas da noite, em lugar de ficar ali na noite fresca – junho até que estava ameno – abrindo e fechando o portão, fazendo mesuras e salamaleques. Os recém-chegados cumprimentaram os que estavam por perto e abanaram para os demais. Dona Anja saudou: entrem em paz. O médico aproximou-se gentil e, de passagem, recebeu das mãos de Chola um copo de uísque bem na sua medida. Apertou a mão de Neca: e o nosso menino, como vai? (o rapaz armou uma expressão dorida de mártir sem remédio, olhos semicerrados): ai, doutor, continuo aplicando aquela compressa quente todas as noites e a dor no joelho não passa.

– Já passou – disse o médico –, e se fosse bailarina aposto como estaria nesta hora no palco fazendo ponta no *Lago dos Cisnes*.

– Eu, bailarina! Quem me dera, doutor.

A partir daquele momento, Neca não ouviu e nem mais enxergou o médico, que prosseguiu cumprimentando os presentes. Sonhava com as imagens do balé que o doutor fizera renascer na sua cabeça e que povoavam como fantasmas os seus guardados, todos eles cheios de recortes, notícias, fotos sobre a sua grande e maior paixão, a história do balé através dos tempos, a grande e imorredoura Gálina Ulanova, a Companhia Internacional do Marquês de Cuevas, Plissetskaia, Nijinski, as invenções de Serge Lifar, ele sob os focos de luz a girar, pelo palco como um deus, *A Bela Adormecida*, *Quebra-Nozes*, *A Sílfide*, *Giselle*, as palmas estrugindo pela imensa platéia que se perdia e esfumaçava na meia-luz do sonho impreciso.

O médico segurou delicadamente a mão de Dona Anja, beijando-a, numa deferência que a fazia muito feliz, como nos áureos tempos em que ainda vivia o Coronel Quineu e quando os amigos se reuniam no sobrado pintado de branco defronte à praça principal. Depois Monteiro quebrou a falsa cerimônia da chegada para repetir a brincadeira de sempre: Seu Zeferino, apresento aqui o meu amigo Eliphas com Ph. O rapaz estendeu a mão, com solenidade exagerada: muito prazer, Eliphas com Ph, seu criado sempre às ordens. Abriu os braços para Chola: e o meu uísque? Ela pediu dois segundos e apressou-se na busca de mais um copo.

As meninas se mantinham agrupadas ao redor do aparelho de televisão com imagens agora mais imprecisas.

Dona Anja sorria satisfeita (se Deus permitisse, tudo iria correr bem naquela noite), enquanto os anúncios intermináveis se revezavam no vídeo, o cigarro com sabor de fama (que diabo, sabor de uma coisa que jamais estivera na boca de ninguém), as liquidações de inverno, o sapato tênis que durava uma geração e a pasta dental que construía uma muralha invisível diante da boca sorridente das pessoas e onde todos os germes embatiam de maneira fatal. Foi quando as meninas pediram silêncio, ia começar O Bem-Amado.

– O Bem-Amado – repetiu pausadamente Eugênia, já encarapitada nos joelhos do prefeito.

Neca confessou meio envergonhado que suava na palma das mãos (Paulo Gracindo merecia estar no cinema estrangeiro, já teria a sua mansão em Hollywood, piscinas e mordomo vestido de branco, precisaria usar óculos escuros para não ser reconhecido nos locais públicos e passearia aos domingos nos seus bólidos de coleção milionária, todos da marca Rolls-Royce). Finalmente surgiu na sala mais uma garrafa de Vat-69. Baldes de gelo. Eliphas com Ph deu uma provada com ar de entendido e exclamou: divino! O médico fez uma recomendação que poderia ser levada como profissional: o uísque requer salgadinhos ou alguns pedaços de queijo para forrar o estômago. A dona da casa fez outro sinal quase imperceptível para Chola, que tornou a desaparecer no corredor dos fundos. Pedrinho Macedo remexeu num dos bolsos do casaco, sentou-se à mesa, afastou uma ponta da toalha de rendas, fez sinal para Eliphas com Ph e segredou que estava com sérias dúvidas em três jogos da Loteria Esportiva.

– Não vai me dizer que você não acredita na vitória do Brasil contra a Polônia –protestou Eliphas com Ph.

– Claro que acredito – retrucou Pedrinho –, tanto assim que cravei simples, veja aqui; quero saber Rio Branco e Vitória.

O outro botou a mão na testa, pensou, fechou os olhos para situar-se melhor, e disse que tanto fazia Rio Branco como Vitória, que marcasse qualquer coisa, questão de palpite, quem sabe até um empate não seria o mais indicado, isso mesmo, um empate que time pequeno não chega a dar zebra; pronto, crave empate simples, seja homem, não deixe a mão tremer. Eliphas com Ph marcou e decidiu explorar um pouco mais o amigo que ultimamente vinha fazendo uma série de doze pontos, semana após semana.

– E aqui, entre Ponte Preta e Portuguesa?

– Sou mais Ponte Preta – disse Eliphas sem pensar.

– Ótimo, e saiba que neste jogo vou direto com a Ponte.

A conversa foi interrompida com a aproximação de Zeferino, visivelmente curioso: Loteria Esportiva, pelo visto? se querem saber, neste teste eu só levo fé mesmo é no Internacional, que vai jogar com os pernas-de-pau de Joinville; o resto é tudo palpite de lavadeira. Nem Eliphas nem Pedrinho ligaram para o que o outro dizia. Zeferino não se deu por achado, fez uma careta de desprezo e esticou o braço na direção de Rosaura: agora, coisa que não dá zebra mesmo está aqui bem ao alcance da mão de todos nós. Passou os dedos no traseiro da menina que se encolheu toda na cadeira, pedindo modos, por favor. Zeferino achou muito estranho o pudor da moça, então a minha bela menina quer modos mesmo? Levantou-se, ficou de frente para ela: se me permite, gostaria de ter a suprema honra da primeira valsa. Ela exclamou, mas então, senhor, quer mesmo dançar? Ele riu alto (todas as outras olharam indignadas com o barulho que estava perturbando o Bem-Amado) e disse baixando a voz, chegando-se para perto dela, como a dizer um segredo: dançar eu quero, menina, mas não aqui nesta sala, quero dançar lá no quarto, em cima da cama nós dois com as roupinhas que Deus nos deu; mando botar na eletrola um disco do Carlos Gardel que tinha um acompanhamento de uns dez bandoneones e aí o pai do Atalibinha vai provar com quem ele andou aprendendo a lidar com mulheres, claro, ninguém nasce sabendo, é preciso sempre um professor, alguém que seja experiente e se possível que tenha escola superior, universidade, que tenha defendido tese, enfim, minha menina; o Atalibinha quando começou não era melhor nem pior do que o nosso caro prefeito, que ele não ouça essa verdade para não ter uma síncope cardíaca e bata com a cola na cerca antes do tempo. Ouviu qualquer coisa, pediu silêncio, escuta só, é o meu guri fazendo estragos na índia Cenira, o monstrinho é capaz de passar em revista, numa semana de cinco dias, sem contar sábado inglês e domingo, que é para descanso da companhia, o toldo todo de Nonoai e bota aí alguma índia perdida lá de Mato Grosso ou da Amazônia; é de família, sabe? Uma noite, no American Boate, eu estava sozinho numa mesa de pista, já tinha quatro mulheres comigo, veio a quinta e então eu disse: meninas, está na hora da Batalha dos Guararapes, apontei o caminho do dever, desembainhei a espada...

    Rosaura olhava angustiada para Dona Anja que comia impassível mais um bombom da grande caixa que Neca defendia da gula alheia. Depois de lamber os dedos, fez um sinal para a menina que entendeu o recado e pediu com voz sumida que ele esperasse um pouco até que terminasse o capítulo da novela.

— Pois não é outra coisa que eu quero te mostrar, bichinha, e ainda por cima com tudo a cores.

Rosaura ficou na dúvida se insistia em ficar para ver a novela ou se levantava e ia pressurosa atender os desejos imperiosos (pelo visto) de um bom cliente que costumava pagar com generosidade (ela sabia que os plantadores de soja viviam com os bolsos estofados de notas de quinhentos, apesar de se queixarem muito quando sós entre eles ou quando iam a Porto Alegre comprar apartamentos), mas Dona Anja insistiu no mesmo sinal de resistência e Rosaura ganhou coragem, encheu os pulmões de ar, pedindo mais uma vez para ele aguardar uns dez minutos que era o quanto ainda podia durar aquele capítulo, ele podia beber mais um uísque Vat-69 enquanto Paulo Gracindo trabalhava com a categoria do marido da Elizabeth Taylor, como era mesmo o nome dele, o que tinha a cara toda marcada e uns olhos claros de derreter qualquer coração feminino?

Chola veio reforçar a dose, perguntou se ele queria mais gelo e Zeferino se mostrou irritado, que não queria gelo nenhum, bastaria botar aquela menina dentro do copo para a dose toda congelar no mesmo minuto, ela estava mais fria que gerente de banco quando não quer aumentar o crédito agrícola.

— Que és esto, señor Zeferino, no creo que usted supone eso de la niña Rosaura.

Pois está completamente enganada, gritou ele, mulher nenhuma me recusou e esta não será a primeira. O prefeito tirou a mão do decote de Eugênia e protestou polidamente para não ferir o amigo, mas não custa esperar um pouco, afinal o que se passa, meu caro Zeferino? é claro que a menina vai para a cama com o amigo, mas deixe pelo menos terminar o raio desta novela. Todos ouviram o resfolego de Atalibinha lá dentro com a menina Cenira. Dona Anja (com aquela voz macia que só ela sabia empregar nas horas decisivas) disse para o freguês que se quisesse podia levar para o quarto a menina Rosaura, ela não estava negando nada, pedira apenas para terminar o capítulo da novela para depois atender o seu pedido que todas ali sabiam ser uma honra para qualquer mulher.

Zeferino sentiu que estava sendo alvo de todos os olhares, fez um gesto de amuo, pois tanto fazia, esperava, mas que ninguém se iludisse, esperava porque já não se considerava um menino de vinte anos, pois quando tinha a idade do filho que naquele momento se encontrava em pleno campo de batalha não dava ouvidos para recomendação e nem para conselhos, passava por cima de todos e de tudo e carregava a mulher para onde bem entendesse. Eliphas com Ph concordou em voz bem alta: claro, todos sabemos disso, Seu Zeferino, mas que diabo, em nome do Paulo Gracindo que está derretendo o coração das mulheres o amigo pode esperar dez minutos, que desejo não foge. O prefeito tornou a colocar a mão no decote de Eugênia, queria dar por terminada a discussão mamando o uísque suave que escorria pela garganta como um néctar e sentindo o calor forte das nádegas da menina que também assistia à novela e deixava-se trair pela emoção, quando um calafrio percorria-lhe a espinha da nuca ao osso-do-pai-joão; seus peitos, braços e pernas agiam como delicados sismógrafos anotando ponto por ponto os diminutos terremotos que afligiam o perfumado, doce e quente corpo da menina.

Rosaura notou em Zeferino um olhar frio, impregnado de desprezo, e ficou temerosa da reação dele, que bem podia nunca mais olhar para ela e lá se iam as retribuições generosas de quem metia a mão no bolso das calças dependuradas numa guarda de cadeira, tirando de lá duas, três, às vezes até cinco notas de cem estalando como pão fresco (este dinheirinho, dizia ele com rompante, é lá do Banco do Brasil que fabrica milhões destas por minuto). Por isso, fez uma cara de ingênua e sussurrou para ele: se quiser, Seu Zeferino, eu vou, esta novela até que nem está me interessando muito, só que eu achava que a gente podia esperar uns minutinhos. Ele passava uma pedra de gelo na testa, olhou bem para ela, viu num relance os seios arfando como gelatinas rosadas, desceu o pensamento até o umbigo perfeito como o de uma laranja, e desfez o rancor diante das duas covinhas da face e de sua mão ardendo em febre que subia por sua perna, como um bicho medidor, transmitindo uma ardência de ácido.

– Está bem, eu espero – desabafou sem muita convicção, voz baixa para que ninguém mais ouvisse.

Paulo Gracindo retomara a palavra, seus cabelos brancos andavam de lá para cá, de cá para lá, sua voz parecia magnética. Arlete suspirou. Neca parecia uma estátua. O professor não conseguia entender como todas aquelas baboseiras da televisão ainda podiam prender tanta gente diante dos aparelhos, afinal ninguém naquelas novelas dizia coisa com coisa, chegou mesmo a dizer que tudo aquilo soava muito falso, que as pessoas, na vida real, não falavam assim e nem agiam daquela maneira. No último intervalo comercial não se conteve e exclamou:

– Isso é o que eu chamo de a ditadura da eletrônica.

Pedrinho Macedo parecia ter sido sacudido por um vendaval, virou-se rápido para o professor que bebericava o seu uísque, protestou sério: não me fale de ditadura, professor, todos aqui sabem perfeitamente que sou contra as ditaduras, venham elas de onde vierem, tenham elas o nome que tiverem. Dona Anja exclamou nervosa:

– Pronto, lá vem política outra vez!

Não, discordou Pedrinho, política com P maiúsculo não admite regimes de exceção, não engole ditadura. Dona Anja fez uma última tentativa para desviar, diplomaticamente, o assunto perigoso, perguntando a Chola por que diabo Elmira ainda não havia trazido os salgadinhos, o queijinho provolone e os pasteizinhos fritos na hora. Eliphas com Ph aproveitou a deixa, entrou em cima, muito bem, aplausos para a dona da casa, que venham os canapés.

Mas Pedrinho ficara irritado: me admira o professor que alimenta lá as suas simpatias pela Arena a falar sobre ditadura, a falar em corda em casa de enforcado. Largou o copo na mesa, levantou-se, dedo em riste: mas um dia este regime vai cair como um castelo de cartas e vamos agarrar os corruptos pela gola do casaco e levar um por um à barra dos tribunais, eles vão pagar por todos os seus crimes, escrevam o que estou dizendo e não me venham dizer depois que não preveni.

O prefeito tirou mais uma vez a mão de dentro do decote de Eugênia, bebeu um gole grande de uísque, e interrompeu o vereador: o meu jovem amigo deve levantar as mãos para os céus e dar graças a Deus por encontrar-se aqui entre amigos, pois em caso contrário correria o risco de ter o seu precioso mandato popular cassado e ainda por cima ia responder pelo seu crime contra a segurança nacional.

— Vejam só como os áulicos do poder ameaçam logo com a lei de segurança nacional — disse Pedrinho afogueado — é só o que eles sabem, é a boca torta pelo uso do velho cachimbo ditatorial; pois fiquem sabendo que não tenho medo de nada disso e vou continuar a dizer o que penso, ninguém me fecha a boca, digo aqui e digo lá na minha tribuna, essa ditadura tem os seus dias contados, ainda vou para o meio da praça pública denunciar tudo isso para o povo que vive anestesiado pelo jogo do bicho, pela loteria esportiva (ia botar mesmo um xis na coluna do Rio Branco, pois não levava nenhuma fé em nenhum dos dois) e saibam todos que a História julgará os verdadeiros patriotas e os traidores das causas populares.

Elmira chegou com uma bandeja nas mãos, depositou-a numa pequena mesa de centro. Todos arregalaram os olhos para os croquetes, as empadinhas ainda quentes, as azeitonas e os sanduíches abertos; Dona Anja aproveitou o interesse geral para dizer que os pasteizinhos de carne, polvilhados com açúcar e canela, faziam as delícias do Padre Antônio aos domingos de tarde quando Elmira ia à Casa Paroquial levar uma cestinha deles, protegida por um alvo guardanapo de linho. O Doutor Monteiro perguntou incrédulo: e ele aceita o presente mesmo sabendo que saiu aqui da casa das meninas? A dona da casa achou muito estranha a pergunta do médico, pois o Padre Antônio costumava ouvir confissões ali mesmo, ao pé da cama das meninas, benzia a casa quando havia epidemia de gripe na cidade e sempre que devolvia a cestinha vazia não deixava de mandar dentro dela meia dúzia de santinhos bentos para que não só a casa, mas principalmente as moças ficassem protegidas de maus agouros, guardando-os debaixo dos travesseiros.

Zeferino deixou que todos ouvissem a música característica da novela, anunciando o fim do capítulo daquela noite, foi até a mesinha de centro e escolheu empadinhas e pastéis dizendo que eram para o Atalibinha que na certa ia precisar de muito carvão para recuperar a máquina desgastada.

– Vocês ouviram a briga lá dentro? No American Boate, às segundas-feiras, a casa deserta e todas as meninas à minha disposição, madrugada alta eu mandava preparar meia dúzia de sanduíches de filé com alface e ovo frito, comia tudo aquilo com duas garrafas de cerveja bem geladinha e anunciava para o mulherio deslumbrado que ia começar tudo de novo. O Atalibinha tem a quem sair, digo isso sem falsa modéstia.

O prefeito já estava novamente com a mão (e mais da metade do braço) enfiada no generoso decote da menina Eugênia e diante da prosápia do plantador fez uma cara de enfado, assobiou qualquer coisa e disse que achava muita graça (ia dizer que sentia muita pena) daqueles que costumavam dançar com os pés dos outros. O plantador não entendeu bem, perguntou se aquilo era alguma indireta para ele. O prefeito armou um ar de grande surpresa e exclamou ofendido:

– Indireta? E eu sou lá homem de indiretas, meu caro amigo Zeferino Duarte? Eu, quando quero dizer as coisas, digo logo na cara do freguês, com todas as letras.

Virou-se para Chola que estava sendo agarrada pelo professor e pediu, se não fosse incômodo, um pouco mais de gelo. Depois esfregou as mãos (o decote de

Eugênia fora abandonado) e disse que afinal todos estavam ali para acompanhar a votação da emenda do divórcio pelo Congresso de Brasília. Pedrinho saltou de seu canto:

– Aposto cinco contra um como a emenda passa.

O prefeito não ouviu mais nada porque tinha a boca de Eugênia colada no seu ouvido.

VII.

Onde se conta a história da reunião dos adversários políticos, do pai e do filho que a despeito da descrença geral mantêm a orgulhosa tradição de família nos embates amorosos, enquanto os demais assistem a um novo capítulo da sensacional novela O Bem-Amado, com Paulo Gracindo num grande e memorável papel, ante a dúvida atroz de como marcar, na Loteria Esportiva, o jogo número 10, Ponte Preta *versus* Portuguesa de Desportos.

VII.

O MÉDICO SENTARA AO lado de Lenita, mão na mão, a esfregar de vez em quando o nariz no seu pescoço, no rosto, mordiscando a pontinha rosada da orelha, afagando o joelho roliço. O prefeito tornou a tirar a mão de dentro do decote de Eugênia e olhou interrogativo para Dona Anja, escandalizado com as carícias do médico. Pensou que se ele agia assim com Lenita, afinal de contas uma sua cliente como todas as outras, por certo que acariciaria Eugênia antes e depois de examiná-la por qualquer sinal de gripe.

Dona Anja abriu com dedos ágeis o papel dourado de uma caixa de bombons, tirou lá de dentro um deles, com extremo cuidado, desenrolou-o sem pressa e ainda se deu ao luxo de examiná-lo à luz da lâmpada para só então, após o amoroso ritual, enfiá-lo na boca e parti-lo com os dentes numa expressão de enleante prazer. O prefeito ainda olhava irritado para o médico. Eugênia abriu um pouco mais o decote e pediu a ele para que a mão retornasse ao antigo ninho, a pobrezinha estava ficando gelada do lado de fora. Ele ainda pigarreou, mas o médico estava por demais ocupado. Só depois de esgotados todos os recursos indiretos foi que ele perguntou com indisfarçável azedume para a dona da casa:

– Então pode, Dona Anja?

– Pode o quê, Doutor Chico? – disse ela com a boca entupida de chocolate, chupando a ponta dos dedos.

– O médico das meninas avança nas pobrezinhas ferindo a ética de sua profissão, afinal elas são suas clientes. Francamente, Dona Anja, já não entendo mais nada.

O professor sentiu que o Dr. Monteiro não tinha gostado da pergunta do prefeito e nem dos seus comentários, tratou de aliviar o ambiente, erguendo o seu copo para um brinde ao doutor que sabia muito bem qual era a diferença entre o trabalho de homem e o sagrado sacerdócio da medicina. Pedrinho e Eliphas com Ph acompanharam o professor e Zeferino preferiu dizer que se ficasse doente mandava chamar um veterinário e nunca o Dr. Monteiro, que era médico de examinar a garganta, os pulmões, o fígado, as partes íntimas, de obrigar o paciente a repetir duzentas vezes trinta e três, e lá pelas tantas ia descendo a mãozinha como quem não quer nada senão a saúde da vítima, escorrega aqui, pega ali, encosta a cabeça nas costas nuas, no ventre e lá se ia tudo o que Marta havia fiado.

O médico suspendeu a operação Lenita, bastante irritado, que diabo faziam ali naquela sala, que ficavam a meter-se na vida dos outros, como se ele afinal não fosse um homem igual a todos, ou pensavam que ele andava de quatro e tinha rabo? Dirigiu-se ao prefeito, o senhor bem que podia dar à menina um vestidinho com fecho éclair, para não estar a puxar e a repuxar a fazenda, pois termina rasgando. O prefeito agradeceu a lembrança e disse que se rasgasse o vestido da moça daria dois outros para compensar. Eugênia então pediu dengosa que ele rasgasse o decote, estava mesmo precisada de um novo, mais moderno, tinha visto um numa vitrina de virar a cabeça de qualquer santa. Ora vejam, disse o Doutor Chico, a espertinha já aproveitou a deixa para pedir um vestido novo; certo, amanhã a menina passa na Loja das Novidades, fala com Décio, o gerente meu amigo, e escolhe o vestido que quiser, o prefeito paga; mas nada de botar na conta, não quero encrenca em casa onde vivo muito feliz com a minha mulher.

– Com fecho éclair no decote? – quis saber Eugênia.

Ora, que tolice, exclamou o prefeito, eu nunca vi um vestido com esse fecho no decote; tenho visto nas costas (sorriu malicioso), aí sim tem uma função definida, dispensando maiores explicações, a gente pega aquela alcinha lá de cima e vai puxando, puxando até que o vestido se parta em dois e surja lá de dentro a minha mocinha bem como eu gosto, sem muitos enfeites nem biriceras.

Lenita enrodilhou-se no colo do médico e queixou-se de estar sentindo muitas dores nas costas, principalmente de madrugada. Quis saber o que poderia ser, tinha muito medo de reumatismo, que era doença de família. Monteiro passou a mão pela nuca, percorreu com dedos experimentados a coluna vertebral, dedilhou aqui e ali e por fim disse que um exame mais completo não dava para ser feito ali na frente de todos, principalmente diante dos olhos do prefeito que não se contentava com a sua mocinha, mas se deliciava fiscalizando a sala toda, como se a casa de Dona Anja fosse um próprio municipal, o Departamento de Águas e

Esgotos ou coisa que o valha. Ela aproveitou-se para encostar bem o seu corpo no corpo dele, o calorzinho de homem parecia um santo remédio para as dores não só das costas como de qualquer parte, dos pés, das mãos, das pernas. O médico mordiscou uma vez mais a nuca perfumada e enfiou o nariz nos cabelos soltos, aspirando fundo. Lenita perguntou com voz chorosa se ele não ia tratar de curar a sua gatinha, miou e ronronou, passou-lhe as unhas nos braços, no rosto, no peito e o médico pediu então que ela esperasse um pouco mais, todos ali gostavam mesmo mas era de discutir política, atacar o governo, brigar por nada, como se o mundo fosse acabar no dia seguinte, enquanto lá dentro as camas permaneciam vazias.

– Menos uma – disse Lenita –, pois o Atalibinha está lá em cima da Cenira.

Eliphas com Ph sentara-se ao lado do Vereador Pedrinho e insistiu: estive pensando muito no jogo da Ponte Preta contra a Portuguesa; claro que é uma questão de palpite e a princípio eu não abria mão da Ponte, mas depois comecei a fazer uma análise do retrospecto e agora estou ainda mais confuso, sabe bem, aqui neste jogo é capaz de estar a maldita zebra que pode resolver a minha vida e a vida de muita gente.

– A nossa vida – corrigiu Pedrinho –, pois nesta semana assino debaixo do seu cartão, jogos iguais, dinheiro igual.

Zeferino esticou o pescoço, os rapazes só queriam mesmo saber de Loteria Esportiva, enquanto as mulheres andavam por ali dando sopa; de fato, a mocidade já não era a mesma ou então eram os tempos que haviam mudado. Disse para os dois: no meu tempo não havia Loteria Esportiva e sim jogo do bicho; que eu me lembre nunca saí de cima de uma mulher para escrever uma centena ou um milhar num papelzinho qualquer; sempre separei as duas coisas, jogo e mulheres, e sempre me dei bem; o Atalibinha se criou com esta educação e pelo que tenho visto até agora está dando certo a educação do garoto. Pedrinho provocou o plantador, perguntando se ele ainda permanecia firme no palpite do Internacional contra o Joinville. Ele já não se lembrava mais, pensou um pouco e foi quando repetiu que não abria mão do colorado, mesmo que fosse para deixar de fazer os treze pontos. Pedrinho fez um ar de credulidade, virou-se para o médico que tinha as pernas de Lenita entre as suas: o doutor não costuma jogar na Loteria Esportiva? Monteiro tentou recompor-se com urgência, alisou o amarfanhado das calças e do casaco, enquanto a moça tratava de recompor-se também, impaciente.

– Não jogo – disse o médico –, mas faço votos de que ambos repartam o prêmio total entre si.

Levantou-se, pegou a mão de Lenita e encaminhou-se para o corredor dos fundos, dando boa-noite para a dona da casa e dizendo que sairia pelo pátio, como sempre.

Zeferino sacudia as pedrinhas de gelo no copo e disse sorrindo, com ar malandro, que jogaria as suas próprias calças como o doutor ainda iria aplicar uma injeçãozinha na menina antes do beijo de despedida.

– A que sacrifícios nos leva a medicina! – exclamou.

Disse para Dona Anja que na próxima encarnação viria ao mundo só para tirar o curso de medicina, as coisas ficavam bem mais fáceis, veja aqui, por exemplo, todos nós obrigados a ver televisão feito velha coroca e o doutorzinho enfiando pelo corredor com uma das meninas a tiracolo, como se estivesse operando na Santa Casa de Misericórdia. O professor saltou de seu canto: um momento, que tem a ver a Santa Casa com tudo isso? Nada, meu caro professor, estava apenas citando um exemplo para justificar o meu desejo de voltar médico na outra encarnação. Se isso acontecesse, replicou o professor, numa vida futura eu venho como robô, pois se acontecer algum desarranjo eu chamo logo um eletricista. O prefeito tornou a tirar a mão do decote de Eugênia e, como se ninguém estivesse vendo, anunciou que a novela havia terminado e agora as pessoas poderiam conversar normalmente e nada de pedidos de silêncio e nem de bons modos, como se costuma fazer com as crianças no colégio. Zeferino aproveitou para saber de Dona Anja se como bom aluno não podia, no recreio das aulas, comer a sua merenda. Enlaçou Rosaura pela cintura: aqui está a minha merendazinha especial, dentro em pouco vou matar o que está me matando. Neca colocou delicadamente nos lábios da patroa uma outra cigarrilha cor-de-chocolate e riscou um fósforo num gesto do mais terno e puro amor. Depois foi até a cozinha e retornou de lá com uma taça cheia de coquetel de frutas; não suportava bebidas fortes, mas primeiro quis saber se Dona Anja não gostaria de provar o néctar dos deuses. Ela mostrou o seu copo ainda com uísque, ele que sentasse quietinho ali junto dela. Pedrinho e Eliphas com Ph ainda discutiam os palpites dos jogos do próximo domingo e o prefeito trocou de mão nas explorações do território completo de sua amada, a menina a mostrar de minuto a minuto que estava com os cabelinhos dos braços eriçados, era como algo que a gente não pode explicar, mas que acontece sempre que alguém bota a mão onde não deve. O Vereador Comerlato continuava sumido num canto do sofá perto da porta, lendo uma revista velha que encontrara na mesinha de centro. O professor perguntou a ele se a revista tinha muita mulher nua. Como se tivesse aterrissado na sala naquele preciso instante, Comerlato gaguejou que não sabia, que estava lendo um conto muito bom, ah, sim, havia algumas mulheres nuas, aliás, muitas mulheres nuas, na verdade o conto era sensacional (seu ar era de êxtase), imaginem um casal em lua-de-mel no Haiti na mesma noite em que assaltantes matam um homem no quarto ao lado e chega a polícia e prende os suspeitos, inclusive o casal; bem, uma complicação dos diabos, imaginem que o pobre marido estava na iminência de atravessar o Rubicon e de repente toda aquela tralha de morte, polícias, inquérito e um detetive melhor que o próprio Sherlock Holmes, tudo descoberto pelo método dedutivo. Falou com Zeferino: o senhor não gosta de contos policiais com um pouco de sexo? Zeferino, que não tirava o braço da cintura de Rosaura, respondeu na hora: não, prefiro sexo com alguns episódios policiais.

    Chola encaminhou-se para Comerlato, não estaria querendo uma dose a mais de uísque? ele aceitou engolindo em seco: tinha esquecido de beber, enquanto lia e agora estava ali com uma sede de cão hidrófobo. Perguntou como terminara o capítulo da novela, mas o prefeito, depois de retirar a mão do seu estojo preferido, protestou, essa não, repetir toda a história só porque alguém ficara distraído a ler revista de mulher pelada, essa não, só se passarem por cima do meu cadáver.

– Está bem – disse Comerlato –, amanhã de manhã a minha mulher me conta todo o capítulo, ela sabe que na sede do partido não temos televisão.

Houve um repentino silêncio opressivo. Atalibinha surgira como um fantasma na porta que dava para os fundos. Atrás dele, cabeça baixa e cabelos negros desfeitos, a indiazinha. O rapaz estava só de cuecas e botava a mão em pala sobre a testa para livrar-se da luz incômoda. Procurou o pai com os olhos ofuscados:

– Pai, eu quero outra.

Dona Anja levou a mão à boca, sorriu escandalizada, perguntou ao menino se ele não queria beber alguma coisa, um refrigerante, quem sabe uma cubalibre, ficar na sala um pouco para descansar, o Vereador Comerlato tinha lá com ele uma revista muito boa, ora vamos (Dona Anja não acreditava que estivesse a ouvir alguma coisa), é preciso dar um tempinho para o organismo recuperar-se, ninguém é de ferro.

– Pai, eu quero outra.

Zeferino olhou para toda a sala, viu Arlete conversando com Pedrinho Macedo, Chola preocupada com os copos vazios e com as mesas molhadas, Eugênia no colo do prefeito que tornara a esconder uma das mãos no seu regaço, o professor sentado numa grande poltrona, braços cruzados, indiferente ao que se passava em redor. Abriu os braços como a dizer que não sabia qual das meninas podia naquele momento ir para a cama com ele e a seguir começou a ficar indisposto, um mal-estar na boca do estômago, quando reparou que o filho não desviava o olhar mortiço e vago de Rosaura, que se aconchegava nervosa ao corpo de Zeferino, que fez que não com a cabeça, não, espera aí, meu filho, descansa um pouco, depois a gente dá um jeitinho. Mas o rapaz mantinha-se firme na preferência, levantou molemente o braço direito, apontou o indicador recurvado para Rosaura, sua próxima presa, e foi quando o pai exclamou, revoltado e meio humilhado diante do silêncio e da expectativa geral:

– Mas o que é isso, Atalibinha, logo a Rosaura?

O filho balançava a cabeça dizendo que sim, era exatamente aquela menina que ele queria. Empurrou Cenira para o lado do pai, fica com ela. Zeferino coçou a cabeça, encabulado (se estivesse sozinho com o filho lhe daria um tapa-olho inesquecível), mas terminou por dizer para a moça que fosse fazer a vontade do filho, era melhor assim. Viu quando ela encaminhou-se, cabeça baixa, para junto do rapaz – Dona Anja permanecera todo o tempo indiferente –, e só quando o casal sumira na porta que dava para os quartos é que o pai tratou de aliviar o ridículo da situação, dizendo no seu vozeirão agora pouco firme que o menino lembrava o pai nos áureos tempos do American Boate, vocês precisavam me conhecer vinte anos atrás, trinta anos; bastava botar o pé na soleira da porta para a maioria das mulheres sentir tonturas e arrepios, elas mesmas me confessavam depois; que diabo, o rapaz tem a quem sair; outra ocasião, em São Paulo (eu tinha ido lá comprar um carro zero quilômetro na própria fábrica, os tempos eram outros), passei pela Rua Major Sertório e até hoje a minha fama é contada de boca em boca e se o Atalibinha aparecesse ainda hoje lá não faltaria que alguma menina lhe contasse as áfricas do pai.

Ninguém dizia nada, um silêncio constrangedor, e ele terminou por calar-se e pedir para Chola, por favor, mais um uísque, dose dupla, muito gelo, estava morrendo de sede.

O professor começou a assobiar uma valsa vienense. Pedrinho recomeçou a discussão com Eliphas sobre jogos da loteria esportiva. O prefeito decidiu levantar-se um pouco, estava com as pernas dormentes e sentia necessidade de um pouco de ar fresco, ar da noite. Comerlato retornara à revista e fingia estar altamente interessado no texto e nas fotos das mulheres nuas, doces mocinhas envoltas em sedas transparentes, sobre lençóis negros, olhares lânguidos e lábios sempre entreabertos, numa sede que nada conseguia aplacar. Neca continuava com a cabecinha deitada sobre o colo opulento de Dona Anja que foi catar mais um bombom na caixinha quase vazia.

Zeferino falara muito e agora decidira calar-se, pois desconfiava que ninguém ali na sala acreditava no que ele dizia dos outros tempos, era uma gente mesquinha e incapaz de um gesto de altivez e que nem lembranças tinham, os pobres. Para não irritar-se e partir desde logo para a briga (ele se conhecia muito bem), resolveu que o melhor que tinha a fazer era dar-se por satisfeito. Fez um gesto para Cenira, ela que fosse sentar-se ao lado dele.

Passou as mãos, paternal, sobre os cabelos negros e grossos, escorridos: então a minha meninazinha retornou sã e salva, graças a Deus, este rapaz não é deste mundo mas tudo passou, está viva, saiu ainda com saúde da guerra, deve levantar as mãos para o céu, mas conta aqui para mim como foi que a coisa se passou. Cenira mantinha os olhos baixos, envergonhada. Disse com voz quase imperceptível:

– Nunca vi ninguém igual ao Atalibinha!

Zeferino deu um soco sobre a mesa ao lado, olhou desafiador, quantos de todos os que estavam ali naquela sala podiam escutar um elogio daquele calibre?

– Venham cá, escutem aqui o que diz a moça, escutem só, vamos, diz para eles quem é o Atalibinha, diz para essa cambada quem é o meu filho, vamos...

VIII.

A espera expectante da votação da emenda do divórcio em Brasília, em meio ao nervosismo geral dos que (no conforto generoso do uísque e dos saborosos salgadinhos da casa de Dona Anja) aguardavam a transmissão direta de algo que poderia muito bem acabar para todo o sempre com a sagrada instituição da família, enquanto Atalibinha honrava a virilidade dos Duarte, aliás como sempre.

O TRINCO DA PORTA DE ENTRADA girou lentamente e pela fresta aberta surgiu a cara talhada a machado do delegado de polícia, homenzarrão de grossos bigodes e de cabelos ralos, enérgico defensor da tranqüilidade da sociedade local, inimigo declarado dos subversivos (que infelicitam a Pátria brasileira), dos líderes operários que nas três fábricas da cidade só queriam saber de aumentos de salários (ele havia declarado ao jornal *A Voz do Povo* que o operário hoje em dia quer ganhar mais do que os patrões, do que os bacharéis que precisam de vinte anos de sofridos estudos para conseguir um anel de rubi que possa dignificar a cultura brasileira diante dos outros povos do mundo), dos estudantes que colam cartazes ilegais nos muros da cidade (aproveitando-se da calada da noite que acoberta os criminosos e os marginais), dos meninos que infestavam as praças e ruas vagabundeando, dos mendigos que se valiam da caridade pública e do amor dos cristãos para não precisarem ganhar o pão com o suor do próprio rosto. O largo casaco xadrez disfarçava mal o coldre de peitoral que sustentava o revólver 38, cano curto, sob o braço esquerdo e mais um outro preso ao cinto, lado direito, para ser puxado nos casos de mais precisão. Eliphas com Ph sorriu para ele – estava mais perto da porta –, mas não deixou de sentir um arrepio no seu bom gosto diante do casaco xadrez, da camisa xadrez e da gravata xadrez: pensou, que diabo impedia a mulher dele de evitar que o marido saísse à rua com todas aquelas listras cruzadas como um anúncio de fita colante escocesa, além das calças largas com bainha superposta que só se via em retrato da década de trinta. Mas nenhum desses pensamentos o impediu de saudar o recém-chegado erguendo o copo de uísque: salve o nosso caro xerife com sua nunca desmentida elegância.

O professor levantou-se e foi ao encontro do delegado, meu estimado Doutor Rutílio (os dois eram companheiros de Rotary), que prazer em vê-lo aqui entre nós, no seio desta grande família (virou-se para Chola que estava com a garrafa de uísque nas mãos), vamos servir uma bebidinha aqui para o nosso delegado, ele merece, foi uma lástima ter perdido o excelente capítulo de O Bem-Amado, mas em compensação vamos ter a transmissão direta de Brasília, o senhor sabe, o Congresso vai votar a emenda do divórcio.

Dona Anja estendeu a gorda mão cheia de anéis de prata: mas que satisfação contar com o nosso querido protetor e amigo, justo nesta noite memorável (o Vereador Comerlato pensou com seus botões– eles vão ver noite memorável depois da votação), sente-se aqui perto de mim, Chola, vê logo um uísque para o doutor delegado, o Neca vai buscar uma bandeja de salgadinhos feitos especialmente para a noite de hoje, eu estou muito feliz por ter aqui em casa os meus melhores amigos (notou o mau gosto de tanto xadrez no corpo dele), e me diga como andam as coisas aí por fora, a gente vive fechada em casa, não se sabe quase nada, é uma vida dura esta nossa, só Deus e os santos sabem disso.

O delegado acendeu um cigarro com todo o vagar, passou os olhos (sem esconder uma certa antipatia) pelo Vereador Pedrinho, da oposição e adepto do divórcio (um subversivo que só queria a desagregação da família brasileira) e terminou por aceitar o copo de uísque que Chola lhe apresentava, pedindo uma pedra de gelo mais, sabe, eu gosto de bebida fraca, um homem como eu, com as minhas responsabilidades, precisa estar sempre lúcido (o professor achou que ele seria mais preciso se dissesse sóbrio, mas ele próprio não poderia esperar muita precisão de linguagem da parte de um delegado de polícia), e logo a seguir o Doutor Rutílio cumprimentou coletivamente todos os presentes, em especial as meninas já na posse de cada um dos que haviam madrugado na casa de Dona Anja, passou o braço em torno da cintura de Chola e disse que preferia sentar-se com ela no sofá, afinal ninguém o compreendia melhor naquela casa. Dona Anja sorriu para demonstrar que ficara muito satisfeita com a preferência da autoridade, mas no fundo lamentou que a sua melhor auxiliar lhe fora roubada, pois Elmira não era pessoa capaz de atender ao salão com tanta desenvoltura e rapidez.

Neca desconfiou dos pensamentos da patroa e achou que uma cigarrilha chocolatada lhe faria um grande bem. Dona Anja passou a mão no seu cabelo aloirado, o meu filhinho adivinha as coisas sem que eu nem precise abrir a boca; deu a ele um bombom gordo e brilhante, esperou que o rapaz lhe acendesse o cigarro e assoprou a fumaça para o alto, apagando o fósforo, como fazia sempre. O prefeito tornou a tirar a mão do regaço de Eugênia para fazer um aceno para o delegado, pois ele sabia que o Doutor Rutílio era mais um seguro aliado na luta contra o divórcio que no momento estava em causa.

– Quanto ao divórcio, caro amigo, a Arena saberá recusar a ignomínia – disse a título de saudação –, mas infelizmente, entre o bem e o mal, o mal ainda consegue seus aliados.

Como resposta, o delegado sugeriu a Chola que mandasse botar algumas garrafas de champanha na geladeira, pois estava certo da rejeição da emenda e queria comemorar condignamente a vitória.

– Estou com o prefeito – disse ele abraçando a castelhana pelas costas.

Pedrinho tilintou com o gelo no copo e disse que era muito natural que o delegado da Arena apoiasse o prefeito da Arena e que os dois juntos apoiassem o governo da Arena, mas pedia licença para discordar das previsões de vitória da reação contra o progresso da sociedade. Já Comerlato ruminava dúvidas atrozes desde o instante em que os jornais tinham começado a falar no divórcio e no raio daquela votação; lia gente importante atacando a emenda, gente importante atacando o casamento indissolúvel, gente da oposição contra o divórcio, tudo tão baralhado que ele preferia manter uma digna atitude de quem se considera superior a essas tricas e futricas. Um dia a mulher lhe perguntara: tu também estás entre aqueles que batem palmas para essa vergonheira do divórcio? Ele havia desconversado, mas começou a colher informações aqui e ali e de tudo o que ouvira o resultado foi uma confusão ainda maior.

O delegado acomodou-se no sofá de couro trincado e fez com que Chola sentasse nos seus joelhos, segurando-a pelas cadeiras. O prefeito (tirara a mão do decote de Eugênia) disse, olhando nos olhos de Pedrinho, que estava acompanhando os acontecimentos da Capital e que ficara sabendo que milhares de fiéis tinham saído para as ruas, em procissão, sob as ordens do Cardeal, numa demonstração de repúdio à emenda que deveria ser votada naquela noite em Brasília. Exclamou alto para suplantar o som da televisão: o Rio Grande em peso reza a Deus para que livre o nosso país de tamanha calamidade. Depois voltou-se para a dona da casa: sabe, Dona Anja (queria tranqüilizá-la), perde seu tempo quem fica por aí acreditando em lobisomem, quem ainda espera pelo pior; não sai divórcio coisa nenhuma, nossos serviços de informação não erram nunca, nós já temos, inclusive, o número de votos de um lado e de outro; está aí o delegado que sabe muito bem de onde nos chegam as informações.

Pedrinho mastigava com ruído uma pedra de gelo. Perguntou com a boca em forma de bico:

– E pode-se saber o resultado, senhor prefeito?

Ora, vejam só, exclamou Chico Salena, um adversário do regime querendo entrar em segredos de Estado, era só o que faltava. O delegado avançava um pouco mais nas intimidades de Chola, fez um profundo ar de comiseração e recomendou ao prefeito que não desse resultado nenhum, o vereador que tivesse paciência e aguardasse a votação que dentro em pouco teria início. Perguntou se Pedrinho estava nervoso diante da derrota iminente, pois que tratasse de tomar um chá de laranjeira que era um santo remédio para os nervos.

Pedrinho disse que realmente estava bastante nervoso, pois já decidira que se tudo corresse bem em Brasília pediria o divórcio à sua mulher nos próximos dez anos.

– Dez anos? – exclamou perplexa a menina Eugênia.

O vereador confirmou, dez anos, pois não tinha muita pressa como era o caso de outras pessoas; até lá já teria dinheiro no banco, a mulher estaria bem mais velha, quem sabe até não a trocaria por duas menininhas de dezoito essas mocinhas que gostam de passear com o cabelo dividido em trancinhas, trajes de normalista, enfim, coisa que sempre se constituíram no sonho de toda a sua vida. O prefeito remexeu impaciente com a mão que agora apalpava Eugênia por fora do vestido e disse que, em se tratando de um emedebista, nada mais o surpreendia, mas que ele esperasse pelas eleições de novembro do ano seguinte para lamber a soleira da derrota.

Dona Anja tossiu por diversas vezes, como se estivesse engasgada; Neca correu atabalhoado, perguntou se ela queria um copo d'água, uma colher de xarope, uma pastilha para a garganta, o guarda Amâncio poderia correr à farmácia e trazer qualquer coisa. Ela disse que não queria nada, era uma tosse passageira (queria apenas interromper a discussão desagradável), e aproveitou para anunciar pastéis de palmito, polvilhados com canela e açúcar; Neca ia providenciar, bateu palmas para chamar lá de dentro a negra Elmira, Chola tentou livrar-se das garras do delegado que a entretinha sobre os joelhos como se faz com as criancinhas de colo, pois sabia que estava representando um triste papel ali na sala, diante de todos. Ela procurava um motivo qualquer; a missão de ir buscar a bandeja na cozinha, quem sabe um pouco mais de gelo ou mesmo uma outra garrafa de uísque; mas o delegado permanecia irredutível no seu cavalinho de fantasia pra gáudio do prefeito que repetia sorridente diante da brincadeira: isso minha cara, o hipismo é o esporte dos eleitos, até que a nossa Cholita faria um digno papel em qualquer picadeiro internacional.

Cenira sentara cabisbaixa ao lado do professor que olhava para o relógio e reclamava que o tempo não passava nunca, era de supor como não estaria àquelas horas o Congresso Nacional, as cabalas nos corredores, as reuniões de portas fechadas; ele estivera, certa ocasião, na Câmara dos Deputados, integrando uma comissão de professores que queriam uma lei especial para a contagem do tempo de serviço e sabia muito bem como funcionava aquilo lá, o orador a repetir-se na tribuna num discurso qualquer e o plenário vazio, com todo o mundo disperso pelo resto do casarão, tomando cafezinho, discutindo futebol, problemas de zonas eleitorais, dando um jeito junto à imprensa para dar destaque a uma frase qualquer do último discurso; mas hoje a orquestra vai tocar uma outra música – repetia ele enquanto fazia uma leve carícia na mão da indiazinha –, porque o governo pode não levar a sério certas coisas, mas com relação ao divórcio os senhores podem crer que ele será capaz de mover céus e terras, ele sabe que este é o maior país católico do mundo.

O médico liberou a cara que estava mergulhada nos cabelos de Lenita e disse que estava de acordo com tudo o que dissera o ilustre professor, menos com essa história de que o Brasil era o maior país católico da terra; a não ser que todos os católicos brasileiros sejam também da umbanda, do espiritismo e do candomblé, concluiu ele retornando ao emaranhado dos cabelos da sua menina.

O professor ficou surpreso com a intervenção do médico, ele o julgava inteiramente absorvido na luta corporal travada com Lenita no sofá. Disse que uma coisa não prejudicava, necessariamente, a outra, pois a maioria dos católicos seus amigos eram também espíritas e até mesmo umbandistas; candomblé não que isso era coisa de folclore, dança africana para atrair turistas de cabelo cor de barba-de-milho. Ele mesmo tinha duas irmãs em Porto Alegre que eram católicas apostólicas romanas aos domingos e às terças-feiras à noite desempenhavam o papel de médiuns num centro espírita freqüentado por pessoas católicas da mais alta sociedade; e mais, usam fitinhas amarradas nos pulsos depois de fazerem três pedidos, freqüentam as lavagens das contas, dão presentes a Iemanjá e participam do caruru de Cosme e Damião; agora no mês de agosto, no dia 24, vão purificar o corpo e o espírito na adoração de Oxumaré.

Eliphas com Ph andava meio de escoteiro entre um casal e outro, sentia o estômago pesado, meio embrulhado de tanto salgadinho e uísque, e sempre a puxar do bolso o volante amarfanhado da Loteria Esportiva, conferindo e alterando as marcações que já fizera, enleado em dúvidas, inseguro, com terror pânico de desfazer um jogo que depois terminava dando certo de acordo com o primeiro palpite, perseguido que andava por sonhos e pesadelos onde tabelas estranhas surgiam quase reais, com imensas cruzes apontando as colunas sem que ele pudesse jamais identificar os nomes dos clubes de futebol nos quais pudesse depositar a sua confiança naquela semana. Disse ao prefeito que gostaria de ter um palpite certo na loteria, tão certo como a certeza que ele tinha com relação à aprovação do divórcio naquela noite.

Chico Salena achou que a conversa de Eliphas com Ph era uma provocação a mais e que as pessoas de respeito já haviam opinado sobre a matéria e não seria um simples vereador do MDB que iria mudar a face da terra.

– O meu amigo deve ter lido esta semana – começou o prefeito, dirigindo-se ao vereador – as declarações feitas pelo eminente Cardeal D. Vicente Scherer, Arcebispo de Porto Alegre, a respeito do divórcio. Ele afirmou que seria preferível que o Brasil houvesse perdido a Guerra do Paraguai a instalar-se o divórcio entre nós. Ele é Cardeal e sabe o que diz, pois se não soubesse seria hoje apenas uma vereador do MDB.

Eliphas com Ph fingiu não ter ouvido, mas Pedrinho Macedo pulou de onde estava, disposto a comprar a parada:

– Pois meu caro prefeito, já que o amigo leu a entrevista do Cardeal, o que prova ser uma pessoa bem informada, deve ter lido também a resposta que sobre tal declaração deu o próprio Senador Nélson Carneiro.

– E logo a resposta de um anticristo, nobre vereador!

– Ah, sim, agora todos são anticristos, encarnações do diabo na terra, capetas e subversivos, pois já vi que o ilustre prefeito municipal só lê aquilo que lhe interessa; o senador disse que o Cardeal gostaria que o Brasil fosse hoje uma colônia do Paraguai sob a guante do ditador Stroessner e assim botou uma rolha na boca de todos os reacionários desta terra. O delegado interferiu com certa rispidez dizendo ao prefeito que seria preferível ele nem sequer responder, pois a palavra de um príncipe da Igreja jamais poderia ser comparada com a de um senador que havia mais de vinte anos vinha sistematicamente tentando dissolver a família brasileira, vinha tentando solapar a moral daqueles que tinham sido unidos por Deus e que só através Dele poderiam separar-se. Pedrinho riu e disse que não batia palmas para o belo sermão do Reverendo Rutílio, porque para desgraça sua tinha uma das mãos acariciando o joelho da menina Arlete. O delegado, por sua vez, ignorou o aparte do vereador, dizendo ao prefeito que cabia a ele, chefe da municipalidade, responder ao que não passava de uma injúria lançada contra um grande vulto da Igreja e logo com o apoio de opiniões de certos parlamentares que se mantinham no Congresso às custas dos votos dos que desejavam ver o circo pegar fogo.

Pedrinho disse que estranhava muito a defesa do delegado, pois tinha o prefeito na conta de uma pessoa capacitada a reunir argumentos em favor das suas teses. O Doutor Rutílio não se deu por satisfeito:

– Acontece que uma das minhas funções principais, senão a maior delas, é justamente defender a família e as instituições. Para isso prestei juramento.

Num lapso de silêncio todos ouviram os gemidos de Rosaura e mais uma vez Zeferino pulou da poltrona para pedir que todos escutassem como costumava agir um homem em todo o sentido da palavra; lá estava o Atalibinha, menino ainda, dando uma lição de macho que faria corar de inveja um fauno. O prefeito se mostrou impaciente, o delegado aconchegou a cabeça de Chola no seu peito e Pedrinho reclamou, não agüentava mais, outra vez o mesmo casanova a estuprar mais uma das virgens da casa, tudo sob a admiração e proteção do respeitável senhor seu pai. Sem querer, Chola falou mais alto do que pensava, num momento em que quase todos se mantinham calados:

– Que es esto, Doutor Rutílio, no lo conocia así.

Os homens olharam e riram, Dona Anja sacudiu a cabeça como a dizer que menina descuidada. O delegado não se deu por achado: pois é bom que fiquem me conhecendo, hoje estou solteiro, mandei a mulher e as crianças para Porto Alegre, sabe, aniversário de família, e depois o próprio Doutor Monteiro ali me disse um dia que mulher ainda é o melhor remédio para um cristão solito no mundo.

Elmira entrou com mais salgadinhos e voltou dizendo que ainda havia muita coisa lá na cozinha, que ficassem descansados que traria mais uma garrafa de uísque e que afinal a noite era mesmo de festa, mas que pelo amor de Deus dessem uma olhada na menina Rosaura que estava sendo massacrada por aquele menino que não se contentava com nada.

Chico Salena bateu com a mão aberta sobre o tampo da mesa: senhores, mais alguns minutos e começa em Brasília a votação decisiva; por favor, Dona Anja, mande ligar o radinho para a gente ouvir os votos de cada parlamentar, nome por nome, desta vez ninguém vai se esconder no anonimato fácil e covarde; aliás, emendou, voto secreto sempre me pareceu uma covardia, homem deve votar como antigamente, levantando a cabeça e dizendo com voz clara e forte em quem pretende votar. Ajudou Eugênia a recompor o decote que se abrira em demasia, afrouxou o colarinho que parecia sufocá-lo e desafiou:

— Sou capaz de apostar dez contra um como o governo ganha esta parada, não sai divórcio coisa nenhuma e além do mais temos desta feita toda a Igreja do nosso lado.

— Topo — exclamou Pedrinho, afoito —, vamos casar o dinheiro ali com Dona Anja, eu boto cem e o senhor casa mil, negócio fechado, palavra contra palavra.

Meio assustado, o prefeito bebeu um grande gole de uísque, virou-se para o vereador: calma, devagar com o andor que o santo é de barro; o meu prezado e querido amigo acaba de ser traído pelo seu inegável espírito de jogador; aposta é uma coisa que a gente diz por dizer e depois o negócio lá em Brasília não está nada fácil, reconheço, acho até que está mais enrolado do que tripa em braseiro, veja só, meu caro vereador, está em jogo, isso sim, no dia de hoje, o destino da família brasileira, como aliás disse com muita propriedade o Doutor Rutílio (tilintava nervoso com o gelo no copo); em primeiro lugar a família, os filhos, a esposa, afinal o casamento não é só um contrato social, mas divino; você não leu o que disse o Arcebispo de Brasília? ele disse que ser divorcista ou até mesmo votar a favor do divórcio é como divorciar-se do Evangelho e da Pátria, tome bem nota disso, da Pátria! O radinho já espalhava por toda a sala os ruídos confusos e abafados do plenário, em Brasília. O vereador sentiu que não era chegada a hora de facilitar e largar a presa que se mostrava acuada e insegura, apesar das bazófias:

— Um momento, senhor prefeito, mas acredito que também deve ter lido o que disse um pastor presbiteriano, adepto de uma religião que saiu da mesma fonte daquela outra à qual pertence o próprio Presidente Geisel.

– Confesso que não li – disse o prefeito –, mas afinal o que disse o tal pastor protestante?

Pedrinho Macedo esperou que se fizesse um pouco mais de silêncio na sala, empostou a voz e revelou:

– Disse que o pensamento de Cristo mostra que o adultério justifica o divórcio.

Diante de um certo constrangimento geral e do ar interrogativo do prefeito, procurou amenizar o impacto, vejam bem, não estou jogando indiretas para o ar, não quero acusar ninguém; não sou homem dessas coisas, mas já que se discute um problema concreto, sempre é bom trazer argumentos concretos. E finalizou sarcástico: dou o diabo por testemunha.

Zeferino quase interrompeu o vereador: escutem só, o meu Atalibinha está desmontando aquela menina dos pés à cabeça, acho que a gente deve fazer alguma coisa, sei lá. Já sem paciência o professor aconselhou: pois meu caro amigo, como pai tem todo o direito de chegar lá e meter o pé na porta e arrancar aquele monstrinho de cima da pobre menina! O prefeito puxou mais uma vez Eugênia para perto de si, afagou-lhe os seios por fora do vestido leve, beijou-lhe o rosto e disse em voz bem alta para que todos o ouvissem que não iria mais perder tempo com baboseiras ditas por um pastor protestante que se guiava por uma Bíblia que nem reconhecida era pela Santa Madre Igreja. Eugênia enfiou a mão espalmada por debaixo de sua camisa entreaberta, achegou-se bem e sussurrou no seu ouvido, enleante como uma gatinha, que estava com muita vontade de ir para o quarto onde eles poderiam ficar sozinhos, esquecidos do mundo e da porcaria daquela votação do tal divórcio. Ele disse que se encontrava ali, em primeiro lugar, para acompanhar a votação daquilo que a moça chamava de porcaria; mas por outro lado, entendia que não cabiam naquela hora discussões em torno de um assunto tão controvertido e se continuassem daquela maneira perderiam todos os detalhes mais importantes da grande batalha que se iniciava. Pedrinho Macedo viu que ele fugia e não se conteve: eu, se fosse o prefeito, levava a moça direto para a cama e deixava para saber o resultado da votação amanhã, pelos jornais. E concluiu sorridente: e depois, pelo que todos sabemos, o melhor lugar para chorar é na cama, que é lugar quente.

– Pois o cavalheiro está muito enganado, vou ficar aqui até o fim, até o último voto, não abro mão de assistir à vitória dos cristãos deste país contra a corja de comunistóides que pretende virar de pernas para o ar este nosso país.

– Ora, vejam só – exclamou o vereador depois de um largo gole –, agora, só quem deseja o divórcio é o diabo. Os cristãos contra os mouros, como nas tradições da cavalaria. Diga uma coisa: como explica aqui para nós, pobres ignorantes, a existência do divórcio na própria terra do Papa, ao lado e junto da sede do Vaticano? Vamos, com a palavra sua excelência o senhor prefeito.

Pura provocação, disse o prefeito, e nem pretendo responder. Virou-se para Eugênia: não é mesmo, minha flor? Tirou com certa dificuldade uma das mãos da menina de dentro de suas calças, alegou que estava sentindo cócegas e afinal aquilo não ficava bem ali na sala, sob os olhos de meio mundo. Dona Anja fez um sinal para o vereador, batendo com a ponta do indicador sobre o peito, na altura do coração, tentando lembrar os problemas cardíacos do prefeito.

Foi quando Atalibinha surgiu na porta dos fundos, cabelos em desalinho, olhos injetados, meio tonto e vazio.

Parecia procurar localizar alguém, por fim encostou-se no batente, meio derrotado:

– Onde diabo se meteu o meu pai?

Eliphas com Ph apontou Zeferino que dormitava num sofá. Dona Anja comia com sofreguidão seus bombons, Neca ficou estatelado diante do menino forte e decomposto, o prefeito tornava a abrir o decote de Eugênia enquanto tentava ouvir o que dizia o locutor lá de Brasília. Zeferino sentou-se com certa dificuldade no sofá, arregalou os olhos quando deu com o filho de volta, Rosaura um pouco atrás dele:

– Então, meu rapaz, satisfeito agora?

– Quero outra, pai!

IX.

Afinal, o início da votação da emenda que estabeleceria o divórcio na Constituição e que alteraria profundamente a sociedade brasileira, afetando inclusive os postulados e dogmas da Santa Madre Igreja, acompanhada a contagem de votos pelo nervosismo reinante na circunspecta casa de Dona Anja numa esquecida cidadezinha situada no extremo sul do Brasil.

O LOCUTOR MOSTRAVA-SE CONFUSO, afirmou que o Congresso parecia um grande enxame, acrescentando, a seguir, de abelhas (o professor sorriu, na certa o rapaz acha que enxame pode ser de baratas ou de formigas), as meninas bebericavam agora o coquetel de frutas que a negra Elmira havia trazido, Arlete sentindo, meio nauseada, o gosto de mamão (como se mamão fosse fruta de coquetel). Ataliba fora levado pela mão orgulhosa do pai para uma cadeira de braços, ao lado da mesa principal. Estava de cuecas, camisa de física e calçava meias pretas. Dona Anja perguntou jeitosa a Zeferino se ele não achava conveniente pedir ao rapaz que fosse vestir a roupa, bem que podia apanhar um resfriado. O plantador não entendeu, mas que diabo de resfriado pode um vivente apanhar nesta sala quentinha? Depois notou o constrangimento geral, examinou bem o menino, bateu de leve no seu ombro, o Atalibinha bem que podia voltar para o quarto e tratar de vestir-se – apontou para todos –, há pessoas muito importantes aqui e não fica bem o meu filho andar de cuecas pela sala de visitas. O rapaz olhou vago para o pai, ar de idiota, apontou para Arlete que permanecia sentada ao lado do Vereador Pedrinho e pediu a menina para si. De onde estava, Pedrinho percebeu a intenção, levantou o dedo repetindo um claro sinal negativo: devagar, meu filho, calma que Deus é grande e a vida longa, pede para o papai trazer um copo de leite e um sanduíche de pernil, pede para a Elmira uma gemada de ovo de avestruz, mas pelo amor do programa político da Arena deixa a minha Arlete em paz, acho que está havendo nesta casa um exagero qualquer, sei lá. Passou o dedo ao redor do colarinho como se quisesse alargá-lo, engoliu uma boa talagada de uísque, fez um gesto de mão para a dona da casa como a perguntar, mas afinal onde é que estamos? vem aqui um menino que ainda fede a cueiros e já quer tomar a mulher de todos os presentes como se fosse o sultão de Bagdá ou o filho mais moço do Sheik de Agadir.

Zeferino falou no ouvido do filho, pedia a ele que fosse enfiar a roupa, a votação do divórcio ia começar dentro de poucos minutos, a hora era de respeito, outro dia ele voltaria e todas as mulheres da casa seriam suas. Jurou que as colocaria em fila no corredor e sempre que uma saísse outra entraria imediatamente. Disse que traria consigo uma garrafa de vinho do Porto preparado com gemada e canela em pó, ou mandaria preparar a célebre infusão do falecido Conselheiro Lúcio Machado, seu primo segundo, aquela de cascas de ovos dissolvidas em sumo de limão, cachaça e açúcar, e também sanduíches com carne de porco e muita mostarda; contou ao rapaz que era muitíssimo natural que uma pessoa se alimentasse durante qualquer esforço físico demasiado: os nadadores que tentam a travessia do Canal da Mancha, sabe, aquele canal turbulento que separa a França da Inglaterra (que é uma ilha), fazem toda a prova seguidos por barcos com pessoas encarregadas de dar a eles, em plena prova, sanduíches e sucos de frutas, acho até que dão vinho do Porto preparado como eu disse, levanta as forças e renova o organismo. O rapaz ergueu o dedo, braço pesado e lerdo, apontou para Arlete que fingiu não notar, mas que levou Pedrinho a sair de onde estava rumo ao menino que já não escondia a sua escolha.

– Lamento muito, seu Zeferino – disse o vereador aborrecido –, mas desta vez o Atalibinha ou leva para a cama a Dona Elmira ou carrega para o quarto o nosso amigo Neca.

Zeferino mostrou-se surpreso, afinal o vereador não era daqueles arroubos, achou que ele deveria estar muito alto. Perguntou para Arlete:

– Não acha que o nosso amigo está abusando um pouquinho do uísque?

Pedrinho aproximou-se ainda mais:

– Está querendo dizer, por acaso, que estou bêbado?

O professor acercou-se dos dois, mas afinal o que se passa, a votação por começar e aqui os nossos dois prezados amigos discutindo por causa de mulher, de quem vai para a cama com quem, pelo amor de Deus, raciocinem um pouco mais, não vamos estragar a festa exatamente no ponto melhor.

Pedrinho viu um professor impreciso e grandalhão na sua frente, afastou-o com o braço, decidido, peço que não se meta onde não foi chamado, a Arlete não sai de meu lado nem morta. Foi a vez do prefeito interferir. Liberou o regaço de Eugênia e foi parlamentar com Zeferino e Pedrinho. Cavalheiros, respeitemos a casa de Dona Anja, ela merece, é nossa amiga e depois não há de ser por mulher que a gente vai brigar aqui, há tantas, ali a Lenita (o médico fez um sinal negativo com o dedo e continuou bem acomodado), a Chola (o delegado levou a citação do nome a título de pacificação, que o prefeito não teria o peito de apontar mulher que estivesse com ele no interesse de qualquer pacóvio).

Zeferino disse que compreendia, jamais havia pensado em tirar a mulher de quem quer que fosse, mas também não pretendia admitir que ninguém rosnasse para ele. Pedrinho perguntou trêmulo: o senhor disse rosnar?

– Falei de modo geral, seu moço, não costumo ofender as pessoas gratuitamente e se quisesse de fato já completava o serviço com o tiro bem no meio da testa.

Dona Anja suspirou fundo, mas meu Deus do Céu, minha Santa Terezinha de Jesus, já estão falando em tiros aqui na minha casa!

– Nada disso, Dona Anja – Zeferino já estava ficando preocupado com o Atalibinha que não tirava os olhos da menina do delegado – eu só estava dando um exemplo, veja aqui (abriu a aba do casaco), deixei o revólver em casa.

Neca sentiu náuseas e pediu licença para ir até a cozinha pedir para Elmira preparar um chá de camomila; detestava discussões, brigas e ameaças, não tinha nascido para isso, odiava violência. Quando chegou lá dentro pediu para a empregada botar a mão no seu peito: repare bem o meu coração como está! um dia ainda eles me matam. Quando retornou, temerosa e discreta, viu que o Atalibinha tinha se recostado num sofá de canto e dormia com a boca aberta, ressonando. O pai ajeitou o corpo grandalhão com diversas almofadas, enquanto dizia que não era para menos, o rapaz exagerara, bom seria que não acordasse até a hora de ir para casa, a mãe depois cuidaria dele com um café reforçado pela manhã, um prato de aveia cozida com leite, três ou quatro ovos quentes, um suco de laranja, pão com manteiga, enfim, ela sabia muito bem como tratar aquele tipo de esgotamento, não era maruja de primeira viagem, pois afinal casara com um Duarte, descendente dos Duarte de Bagé e de Uruguaiana que haviam deixado uma penca de filhos do lado de cá da fronteira e outro tanto do outro lado, em Corrientes, Artigas, Aceguá e Paso de Los Libres.

O locutor anunciou que ia ser iniciado o trabalho da votação, havia muita gente ao redor da mesa que presidia a sessão e ali na sala de Dona Anja todos trataram de puxar as suas cadeiras e poltronas para mais perto do rádio, a dona da casa escarrapachou-se ainda mais na grande cadeira de balanço, fez sinais com as mãos para que todos se aproximassem. O delegado e o médico não se mostraram muito entusiasmados com aqueles negócios de votação e prosseguiam agarrados nas suas meninas, Chola afogueada, Lenita enovelada nos braços do Doutor Monteiro que chegou a dizer à dona da casa que ficasse tranqüila que de onde estava ouvia perfeitamente tudo o que o locutor dizia, apesar da péssima transmissão.

Eliphas com Ph prosseguia nas suas terríveis dúvidas quanto aos palpites da Loteria Esportiva. Acercou-se do Vereador Pedrinho que mudara de lugar, mas sempre com os braços da menina Arlete ao redor de seu pescoço, como tentáculos de um agradável polvo cor-de-rosa. Rio Branco ou Vitória? com um tríplice vou pagar os olhos da cara; com um duplo posso muito bem entrar pelo cano na base da economia de tostões; sei lá! Foi quando teve uma idéia: vou preencher três pedacinhos de papel, coluna um, coluna do meio e coluna dois. Assim. Dobra-se agora em quatro partes, embaralha-se bem, um pouco mais, Arlete tira um e abre, vamos ver, pode tirar, pelo amor de Deus, Arlete, devagar, pronto: Rio Branco! Fez uma cara desconsolada: não dá Rio Branco nem com a ajuda de uma mãe-de-santo lá da Bahia, mas vou nele, sorte é sorte, já dizia o meu avô.

O prefeito colocou um dedo sobre os lábios pedindo silêncio, a qualquer momento seria pronunciado o primeiro voto. Pedrinho disse: se a Loteria Esportiva desta semana me der dois milhões, compro esta casa de Dona Anja e passo a cobrar cem cruzeiros pela dose dupla de uísque; Neca será o meu gerente e Chola vai ser nomeada a minha ministra das relações exteriores com a missão específica de importar uruguaias, argentinas e chilenas. Eliphas com Ph perguntou: e cariocas, não? O vereador fez um ar compenetrado e concordou: sim, cariocas, e se os negócios prosperarem como eu espero vou mandar buscar mulheres da Europa, da França como nos áureos tempos do meu pai, da Itália (uns tipos parecidos com Sofia Loren e com Rosana Podestá), da Espanha – minha Nossa Senhora de Guadalupe –, de Valença e de Sevilha, castanholas até nos dentes. Mais uma vez o prefeito pediu silêncio, que diabo, justo naquela hora alguém se julgava com o direito de ficar falando o tempo todo!

Eugênia não saía do colo dele, esmagando-o com seus ardores exagerados. O homem tinha o rosto afogueado e era muito capaz de nem saber onde andava àquelas horas, boiava no espaço enquanto as mãos experientes da menina descobriam os novos caminhos para a Índia. Mas ele ficara irritado com o falatório do vereador e não queria perder a oportunidade:

– Então o nosso caro oposicionista sonha em tornar-se proprietário de uma pensão de mulheres. Pode até usar o Grande Expediente de amanhã na Câmara para anunciar o novo projeto de quem, além do mais, é adepto confesso do divórcio.

Pedrinho é que estava agora com os braços de Arlete em volta do pescoço, como duas estolas vivas. Conseguiu livrar-se deles, penteou os cabelos em desalinho com os dedos em forma de garfo: pois o nosso ilustre chefe do Executivo pode estar certo de que pretendo mesmo usar boa parte do expediente de amanhã para saudar o advento do divórcio na Constituição Brasileira; acho até que dava muito bem uma sessão especial, comemorativa.

– Se depender da votação que está prestes a iniciar lá no Congresso – disse o prefeito –, já pode ir tirando o cavalinho da chuva. A Arena é maioria e garante a rejeição. Os divorcistas que esperem sentados.

– Por mim, caro prefeito, até que espero deitado – e virando-se para Arlete: – A menina não é da mesma opinião?

Ela sorriu sem saber se deveria dizer alguma coisa ou se seria melhor permanecer calada. Engrolou algo como o meu amor é quem sabe, o que meu amor quiser eu quero também e aproveitou a ocasião para abraçá-lo com mais ardor, enquanto Neca, com a perfeição do carinho, acendia mais uma cigarrilha presa aos lábios de Dona Anja.

Comerlato perguntou lá de seu canto:

— Mas que diabo de embromação é esta? Vai ver descobriram fraude na votação.

Mais do que depressa, o prefeito aproveitou a deixa: essa é muito boa, fraude na apuração de votos no Congresso Nacional, bem se vê que não conhece as coisas lá de Brasília; se há lugar onde não se precisa de cães perdigueiros é na Capital Federal. Pedrinho tranqüilizou o presidente da Câmara, ele que prosseguisse na sua cochilada, votação e apuração eram a mesma coisa, o presidente da Casa chamaria um por um dos presentes e eles iriam dizendo sim ou não, como nos casos de veto, e assim não teria cabimento nenhuma fraude.

— Mas pode haver coação — acrescentou Comerlato olhando firme para o prefeito —, e não digo do governo, que não é disso, mas das tais esquerdinhas.

— Coação coisa nenhuma — respondeu Chico Salena que começava a suar sob as carícias cada vez mais violentas de Eugênia, nosso governo tem agido sempre às claras, sabe o que faz e se o negócio é de voto, respeita o voto e ninguém se atreve a fazer como no Estado Novo de triste memória.

Pedrinho disse que não acreditava nos seus ouvidos, por certo tudo não passava de alucinação; ora vejam, os revolucionários com aspas de 1964 falando em respeito ao voto, acusando os tempos do Getúlio de ditadura sem que este teto nos caia sobre a cabeça diante de tanto sacrilégio e de tanta desfaçatez; pode me dizer alguma coisa sobre o pacote de abril, meu caro prefeito? será que o povo vai mesmo escolher pelo voto o futuro presidente?

O prefeito não ouvira nada, pois afundara completamente no lago de Eugênia. Neca bateu palmas e pediu silêncio, dizendo aos presentes que Dona Anja achava melhor desligar a televisão a fim de que todos pudessem ouvir com mais atenção o rádio, mas era preciso que todos concordassem, afinal a casa não era só dela mas de todos os seus queridos amigos. O professor agradeceu a gentileza! achou a idéia excelente e foi ele mesmo desligar o aparelho. Quando passava pelo prefeito e sua menina, não se conteve e recomendou à moça que manobrasse com mais calma, o Doutor Chico Salena estava roxo e os olhinhos miúdos pelo efeito das lentes de fundo de garrafa giravam ao redor das órbitas como em agonia. Aquilo lhe deu um grande mal-estar por saber que o prefeito sofria do coração e a continuar naquela desenfreada bolinação só poderia acontecer o pior. Aproveitou para pedir ao Vereador Pedrinho que se acomodasse melhor para ouvir a transmissão, que fosse bebendo o seu uísque com mais moderação, além de prosseguir tirando suas casquinhas da menina Arlete que era paciente e muito encantadora. Disse que a hora era de expectativa.

O delegado liberou Chola por alguns momentos. A castelhana afastou-se dele tratando de recompor as vestes em petição de miséria, cabelos eriçados, manchas vermelhas no rosto, enquanto o Doutor Rutílio fazia o mesmo com as fraldas da camisa que tinham saído do cós das calças, recolocando no lugar o nó da gravata xadrez que fora parar na nuca.

Zeferino não se afastara do filho que dormia a sono solto. Pediu mais gelo e uísque, quis saber o que estava acontecendo em Brasília que a votação não começava. Pedrinho entendeu de corrigir o plantador, a função já começara, menos a votação que obedecia ao mesmo ritual dos vetos do Legislativo a projetos infundados do Executivo. Provocou o parceiro de Eugênia: todos aqui devem estar lembrados do último veto que demos ao projeto aqui do nosso preclaro prefeito, imaginem, ele queria muito pouco, só aumentar os impostos em cinqüenta por cento. O Doutor Salena manobrava agora com o nariz enfiado no decote da moça e tinha os ouvidos tapados pelas mãos dela. Fungava e resfolegava como locomotiva em aclive de serra. Dona Anja tentava chamar a atenção da menina, fazendo sinais desesperados para a falta de compostura, ela bem que sabia das recomendações e logo naquela noite memorável em que o prefeito se preparava para escutar a votação de tal lei sobre o divórcio.

Se me permitem, disse Pedrinho afastando Arlete do colo e cuidando do vinco das calças amarfanhadas, agora eu vou prestar muita atenção ao que nos vem pelo rádio de Brasília. Olhou para o relógio, a coisa deve estar fervendo lá pelo Congresso, eu seria capaz de dar a mão direita para estar hoje na Câmara, ia aprovar a emenda e dizer por que, fosse ou não fosse regimental; é um momento histórico este em que vivemos, anotem isso, é um momento histórico. Eugênia perdera um resto de controle com as carícias desmedidas do Prefeito e continuava grudada no homem, indócil, fêmea, agressiva, lânguida. Dona Anja não se conteve mais:

– Eugênia, por favor, dá uma folga para o Doutor Salena, a transmissão vai começar.

– Deixe estar, Dona Anja – disse ele enfiando os dedos crispados no colarinho, afrouxando-o ainda mais –, a Eugênia aqui é o meu isordil.

Neca sentara no tapete à moda ioga. Lenita e o médico tinham sumido nos almofadões do sofá e

Eliphas com Ph, visivelmente escandalizado, não poupou o casal de desfrutáveis: mas aqui em pleno salão, Santa Engrácia! O professor cofiou as barbas brancas e comentou com naturalidade que o doutor na certa estaria fazendo um exame completo, pois afinal se tratava do melhor e mais acatado ginecologista daquela praça. Neca observou o casal e exclamou tapando os olhos: mas o doutor está todo descomposto, mãe de Deus! Chola retornou dos fundos da casa trazendo um copo de uísque em cada mão; voltou a sentar-se ao lado do delegado, passou o copo mais cheio para ele e trocaram um brinde misterioso.

Alguém pediu silêncio. O locutor falou em Petrônio Portela e a seguir ouviu-se uma voz roufenha de nítido sotaque nordestino. O Vereador Comerlato passou a reproduzir o que conseguia entender: o José Bonifácio votou contra o pedido de preferência, reparem no tumulto, esse sujeito não se emenda, vão me perdoar, somos do mesmo Partido, mas bem que ele podia estar em Barbacena criando os netos ou tratando da sua bronquite. Chola quis saber, quien es José Bonifácio? O professor respondeu sério que José Bonifácio era o Patriarca da nossa Independência e que havia ressuscitado para ajudar na votação, por isso mesmo estava meio desatualizado. Ela ainda quis saber que diabo de brincadeira era aquela, já não estava entendendo nada. Pedrinho protestou:

– Um momento, se não calam a boca a gente termina não ouvindo mais nada.

A castelhana sentiu-se ofendida e o delegado pediu a ele que fosse pelo menos mais delicado com as moças. O vereador pediu desculpas, mas justificou-se, a hora era de ouvir em silêncio, depois cada um poderia comentar à vontade.

— Senhores, vai começar a votação — anunciou solene o professor, sentando-se no braço de uma poltrona.

Comerlato esclareceu que a voz que se ouvia era a do presidente do Senado. Escutem, pediu Pedrinho. A seguir deu um berro que fez com que o prefeito tirasse a mão do decote de Eugênia, que o delegado cortasse pelo meio um beijo que aplicava em Chola e que o médico parasse de resfolegar e levantasse a cabeça do sofá, como uma tartaruga, enquanto Lenita choramingava por ter sido abandonada justamente naquela horinha esperada. Pedrinho dava a impressão de estar num campo de futebol, olhos fora das órbitas, boca aberta, braços erguidos:

— O primeiro voto foi a favor do divórcio, senhores, isto é um bom sinal, aposto todo o dinheiro que pretendia botar nas patas do Mi Recuerdo no próximo sábado lá em Porto Alegre como ganharemos hoje, e isso que eu ainda ia pegar o Goldio Paisano para fechar a dupla.

O prefeito rosnou meio engasgado, o vereador devia saber do velho ditado, ri melhor quem ri por último. Dona Anja descascou outro bombom, abriu a boca e fez com que ele sumisse naquele imenso sorvedouro.

Atalibinha acordara com o berro do vereador e depois de um lento reconhecimento pelos arredores, segurou o braço do pai e perguntou pela outra mulher que ele ficara de arranjar. Ora, meu filho, fica quietinho que já começou a votação lá em Brasília.

– Eu quero outra mulher, pai – exigiu ele aumentando o volume da voz.

Todos se viraram para o rapaz, impacientes. Zeferino deu de ombros, não posso fazer nada, o menino quer outra mulher e eu sei muito bem que quando ele quer alguma coisa não há santo que o segure; se quiserem mesmo ouvir o raio desta votação, é melhor logo ver qual a menina que topa ir com ele para o quarto. Diante da indecisão nervosa de todos, acrescentou:

– Pago trezentos.

Irritado, Pedrinho empurrou Arlete para o lado do rapaz e disse que se ela quisesse, podia ir, naquele momento ele estava interessado mas era na votação e não queria prejudicar o faturamento de ninguém. Ela ainda ficou em dúvida, apelou com os olhos para Dona Anja que se mostrava indiferente, perguntou ao vereador: mas o meu amor não vai ficar zangado? Que zangado coisa nenhuma, disse ele, vai logo e deixa a gente ouvir o raio dessa transmissão, caso contrário eu termino perdendo a paciência, vai minha querida, não perde tempo que tempo é dinheiro.

Atalibinha levantou-se do sofá, ar de fantasma, agarrou o braço da menina e sumiu pela porta dos fundos. Zeferino agradeceu a gentileza do vereador, ficaria eternamente grato pelo gesto, afinal era preciso que os mais velhos compreendessem os arroubos da mocidade, ainda mais quando se tratava de um Duarte oriundo da fronteira. Aproximou-se do rádio, queria saber como ia a votação. O professor anunciou que doze já haviam votado pelo divórcio e nove, contra.

O prefeito suspirou e disse (olhar brilhante de profeta) que aquela era uma votação de matar.

X.

Uma tumultuada e sofrida votação no Congresso Nacional entreouvida no salão festivo da casa de Dona Anja, enquanto diversos cavalheiros amaciam as formas belas e usufruem dos ardores de um garrido bando de meninas pacientes e encantadoras, e quando uma delas tira o fôlego e ameaça as coronárias do prefeito municipal, da Arena, que teme o divórcio mais do que o próprio diabo teme a cruz.

O leão-de-chácara Amâncio estava vendo a hora de empregar a força bruta para impedir que três rapazes entrassem na casa. É lugar público ou não é? dizia um deles. Um outro reclamou, queria porque queria falar com uma das meninas amiga dele, a Arlete. O terceiro mostrou uma carteira misteriosa que não dava para ver de onde era e dizia que se o guarda não o deixasse entrar traria reforços da polícia e todos eles entrariam botando a porta da rua no chão, a coice de mosquetão. Amâncio pediu para ver de perto a tal carteira. O rapaz disse que não mostraria e mesmo se mostrasse não ia adiantar nada, uma vez que o guarda tinha cara de quem não sabia ler. Foi quando Amâncio encheu-se de brios e espetou o dedo no nariz dele para ordenar que fosse embora antes que ele perdesse a paciência e os obrigasse a engolir não só a tal carteira como todos os demais papéis que por acaso tivessem no bolso. O mais novo, ainda com espinhas na cara, aconselhou os companheiros a irem embora, na certa a saúde pública havia feito uma inspeção e teria descoberto sífilis da dona da casa até o cachorro que latia no pátio. Amâncio perdeu definitivamente a paciência, abriu o portão, apontou firme para o olho da rua e deu dez segundos para que eles desaparecessem. Começou a contar ritmado: um, dois, três, quatro, mas não foi preciso continuar, os rapazes começaram a afastar-se, resmungando, o da carteirinha ainda ameaçou que ele esperasse bem quietinho, voltariam dentro de dez minutos com reforços.

– Podem trazer também a mãe para ajudar – gritou ele dando uma cusparada.

Chola abriu uma fresta na porta de entrada e perguntou ao guarda o que se passava, afinal, ali fora. Ouviu a história e pediu a ele que ficasse descansado, Dona Anja ia tomar providências.

Terminou contando a história para o delegado que ficara impaciente com sua demora. Os patifes disseram que iam voltar? Chola confirmou. Então o delegado levantou-se, enfiou as pontas da camisa para dentro das calças, ajeitou o armamento cobrindo-o com o casaco largo e foi falar com o guarda. Dona Anja quis saber o que estava se passando, que teria ido fazer lá fora o Doutor Rutílio. Chola passou para ela toda a história e a dona da casa suspirou dando graças a Deus de estar ali com eles o próprio delegado de polícia. Quando ele retornou, fez um sinal de tudo bem para Dona Anja, chamou a castelhana novamente para seu lado para dizer que o guarda havia recebido instruções de chamá-lo assim que eles tornassem a aparecer. Em voz baixa confidenciou para a menina que um dos rapazes, pela descrição do guarda, devia ser um sobrinho do prefeito e que por isso a coisa deveria ser levada com jeito. Pediu a ela que sentasse quietinha do seu lado, passou o braço pesado sobre o ombro nu e protegeu um dos seus seios com a mão pesada. Como é que vai indo a votação lá em Brasília? Chola não sabia, mas informou que Comerlato estava repetindo os resultados em voz alta. Vinte e quatro votos a favor, vinte e dois contra. Pedrinho Macedo assobiou nervoso. Eliphas com Ph exclamou que ia dar coluna do meio.

Nesses momentos é que a gente dá valor ao gênio de Rui Barbosa, disse Comerlato sem esperanças de que os outros ouvissem o que ele estava dizendo. Depois acrescentou: li uma frase dele no jornal de ontem, acho que num jornal de São Paulo, a Folha. Levantou a voz, veemente: o homenzinho bota o dedo na ferida, como fez em Haia naqueles dias memoráveis.

– Afinal, o que disse Rui Barbosa?! – exclamou já impaciente o prefeito, notando o desejo do presidente da Câmara em se fazer ouvir.

Eugênia pesava meia tonelada em cima dos seus joelhos e uma perna começava a formigar. Passou as costas da mão na testa suada e ficou esperando que o vereador falasse.

– Ele, disse, o imortal baiano, que é mais fácil mexer com o Estado do que com a família. E essa tal de emenda do divórcio mexe mesmo é com a família, o Estado continua o mesmo.

Lá do seu sofá, com a cabeça de Chola recostada no seu peito, o Delegado Rutílio disse que os comunas iriam comer naquela noite o pão que o diabo havia amassado. Zeferino, que parecia meio ausente, com todos os sentidos voltados para o quarto onde àquelas horas o Atalibinha estaria honrando o nome dos Duarte, concordou com um gesto de cabeça e acrescentou que no seu entender o tal de Nélson Carneiro envergonhava a terra da Bahia que vira nascer Rui Barbosa e tantos outros brasileiros ilustres.

– Terra do Jorge Amado – disse o prefeito disposto a fazer uma brilhatura.

– Para mim – prosseguiu Comerlato – os ossos do nosso grande Águia de Haia devem estar se revolvendo na sepultura, ele que não pode mais defender a família brasileira ameaçada por obra e graça dos arrivistas.

De roxo, o prefeito passara para o violáceo e depois assumira uns estranhos tons de verde nas faces. Dona Anja espiou por cima das cabeças (mas não é possível que essa menina não entenda o que a gente fala e nem ouça o que se recomenda):

– Eugênia minha filha, dá uma folguinha para que o nosso caro prefeito possa ouvir com calma a votação.

A menina fez um muxoxo de quem não gostara do puxão de orelhas em público, levantou-se num gesto brusco e ficou passeando de um lado para outro, cara amarrada, braços cruzados. O prefeito aproveitou para esticar as pernas também, respirava fundo, tirou o paletó e a gravata, tratou de limpar o embaciado das grossas lentes e disse que esperava com fé em Deus que ilustres e dignos representantes do povo não traíssem o voto que haviam recebido; Eugeniazinha, me traz um copo d'água gelada, depois eu te pago com dúzia e meia de agrados.

Comerlato anunciou: trinta e oito votos. Zeferino esclareceu irritado: contra. E quarenta e dois a favor, concluiu Comerlato com ar de gozação. Pedrinho bateu palmas depois que tirou as mãos da cintura de Cenira que se reanimava aos poucos, disse que não tinha nenhuma dúvida com relação ao resultado final. Procurou descansar a cabeça meio tonta no colo de Cenira, passava as mãos, devagar, nos seus joelhos roliços, espetou o indicador no ar e foi seguindo as finas e delicadas veiazinhas que subiam coxa acima (retornando de imediato ao ser barrado por um gesto brusco da menina), e depois o recomeço lânguido da exploração, novamente o dedo a seguir por doces estradas; afinal, meu amor, onde vai dar esta veiazinha aqui, vai indo, por aqui... Cenira pediu que ele tivesse modos, afinal estavam na sala, na frente de meio mundo e não queria fazer o papel da outra (apontou para o casal enovelado, Chola e o delegado esquecidos do mundo), que pensa que está em cima de uma cama num quarto de porta fechada. Pedrinho, eflúvios na cabeça dolorida, deu por suspensa a exploração e disse alto: o divórcio já passou, tão certo como existe este sinalzinho aqui na perna da menina.

Quando Eugênia trouxe o copo d'água, o Doutor Salena jogou na boca um comprimido e bebeu sôfrego todo o líquido. Foi até a janela, respirou fundo o ar da noite que vinha impregnado de um suave e discreto aroma de magnólia. Viu encostado no muro o guarda Amâncio que aproveitou a oportunidade para perguntar, respeitosamente, como andava a coisa lá em Brasília. Meio sem vontade, o prefeito disse que não ia muito bem e que não duvidava sequer se desse empate.

– E pode, doutor?

– Sei lá, meu caro, aqui neste nosso país acho que tudo pode acontecer, até o divórcio. Aí o guarda achegou-se, pachorrento, testa franzida: sabe, doutor, não sei se o que vou dizer é ou não é um despautério, mas acho cá no meu fraco entendimento (eu não tenho nem o curso primário, doutor, mas a vida me ensinou muita coisa) até que o divórcio podia resolver muita coisa, pelo menos certos casos que andam por aí, com tanto desinfeliz amigado e com filho dentro de casa, uma falta de vergonha, e se o marido e a mulher pudessem procurar um padre e tratar do divórcio; dentro da lei até que nem seria muito ruim, o senhor não acha, doutor? O prefeito recuou como se tivesse sido picado por uma vespa e bateu com o tampo da janela, irritado.

Retornou ao seu lugar e disse: querem acabar com a religião, com a moral, com o espírito cívico, querem acabar com a consciência das pessoas, querem até mesmo acabar com a imagem de Deus que é coisa que a gente traz do berço; vejam aí um exemplo concreto, até esse pobre homem da porta da rua, que tem uma penca de filhos, parece que dez ou onze, achando que o divórcio pode resolver todos os problemas do homem e da mulher; é demais, francamente, acho que vamos acabar morrendo num outro dilúvio maior, mais arrasador, sem Arca de Noé e sem nenhum casal sendo salvo para a perpetuação da espécie sobre a face da terra.

Dona Anja pediu que ele sentasse, que tivesse calma, os homens de Brasília ainda estavam votando, muita água ainda ia passar por debaixo das pontes.

– Perfeitamente, Dona Anja, perfeitamente – ele estava de fato bastante exaltado –, para a senhora é tudo muito fácil, não tem marido, não tem família para sustentar e educar, conta com a gente para manter esta sua casa aberta e por sinal até que rendendo bem. A senhora quer saber de uma coisa? para mim, se vier o divórcio, sua féria diária pode até duplicar ou mesmo triplicar, vão aparecer filas de divorciados na sua porta (os filhos largados pelo mundo) e então a senhora poderá mandar buscar divorciadas do Rio e de São

Paulo, de Montevidéu e até de Buenos Aires ou da Europa onde existe muita moça divorciada querendo fazer a vida.

Dona Anja parecia muito chocada com o arrazoado do prefeito, mas atribuiu o desabafo aos seus problemas de saúde e tratou de provar que aquilo tudo entrara por um ouvido e saíra por outro, desenrolou outro bombom, colocou-o sensualmente na boca e ficou chupando a ponta dos dedos.

Eliphas com Ph havia baixado o volume do rádio impressionado que ficara com a expressão do prefeito que mais parecia um pastor evangélico em pregação de rua.

Chola procurou fazer com que ele se distraísse um pouco, o homem dava a impressão de que poderia ter um derrame ali em plena sala:

– Pero, todo eso pasa.

Foi afastada com um gesto enérgico de braço. Chico Salena estava fora de si:

– Razão tem Dom Allgayer – seus olhos vidrados fixavam um ponto qualquer no vácuo – quando afirmou que a Igreja Católica não vai casar nenhum divorciado e quando disse que o amor, base de todo o casamento, não vive de vento. Mas eu pergunto se essa gente lá do Congresso sabe disso? Eu pergunto: que faz a Revolução que não expulsa a chicote esses vendilhões do Templo, como fez Jesus Cristo Nosso Senhor? A chicote, sim, e por que não? Acabamos, graças a Deus, com a corrupção que aniquilava este país, mas não acabamos com a falta de vergonha que grassa hoje pior do que erva daninha.

Chola pediu a ele que sentasse, limpou o suor de sua testa com um pequeno lenço de rendas, que es eso, doutor, no se exalte que hace mui malo para usted. Eugênia ficara assustada e olhava apreensiva para Dona Anja que parecia dizer para ela, com os olhos, que sabia muito bem quem era a culpada daquela exaltação toda. Neca perguntou baixinho para a patroa se não havia perigo do prefeito morrer de enfarte. Ela mandou que o rapaz calasse a boca, deixasse de dizer bobagens, até parecia que todos haviam tirado aquela noite para estragar a alegria do ambiente.

O único que se mantinha distante do tumulto era o professor. Copo de uísque na mão, gelo tilintando de encontro ao copo, ouvindo sem interesse aparente a marcha da votação. Quando saíra de casa, depois do jantar, Dona Clara quis saber que diabo ia ele fazer na rua àquela noite, se havia mais de uma semana não cessava de dizer que esperava ansioso o dia da votação da emenda do divórcio. Ele dissera: vou ouvir a transmissão na casa do Eliphas com Ph, é casa de solteiro, a gente pode ouvir com mais concentração, ninguém atrapalha e assim que acabar venho dormir que amanhã de manhã vai começar um dia danado. Ela havia ironizado: casa de solteiro? Mas o que é isso, Carinha, o Eliphas é um rapaz sério e muito direito. Dona Clara armara uma expressão de chateada, ajudou sem muito entusiasmo a vestir o seu casaco e quando chegaram à porta da rua ela quis saber: será que passando o divórcio a nossa Maria da Graça vai poder casar de novo para ter um lar e um homem em casa capaz de dar proteção ao Fábio e à Flavinha? Ele achara que sim, disse que o divórcio era uma tábua de salvação para milhares de pessoas infelizes, que a filha ainda poderia ser muito feliz e encontrar um homem de bem para formar seu novo lar. Dona Clara havia dito que iria para o quarto rezar para que quando ele voltasse pudesse dar a boa notícia. Vou dar, pode ficar certa como dois e dois são quatro. Ela dissera incrédula: tomara que não seja como aquela conta do Ministro da Fazenda. Conta do Ministro da Fazenda? Sim, as pessoas esquecem, uma vez ele deu os números da inflação e tu disseste que para o ministro dois e dois eram cinco. Ele rira e aproveitara para sair logo, antes que a mulher lhe dissesse que não ia para a casa do Eliphas com Ph coisa nenhuma, que ele ia mas era se meter com as meninas da casa da Dona Anja, que aquilo era uma temeridade, justamente ele, um homem de idade membro influente do Rotary local, respeitado como provedor da Santa Casa, um homem para quem as mães de família entregariam as suas filhas menores para receberem educação e mais toda a catilinária de sempre, desde o dia em que ela sentira um leve perfume diferente na sua camiseta de física e notara algo que poderia ser vestígios de batom no colarinho branco.

Comerlato, no exato momento em que o professor divagava com o pensamento na esposa, anunciou novamente: sessenta e quatro pró, sessenta contra. O professor aproveitou para dar um beijo em Cenira que estava mais ao seu alcance, recuperando-se com incrível rapidez da sangrenta refrega do início da noite. O prefeito voltou à carga:

– Quando a votação entrar na Zona da Mata o divórcio morre de morte morrida.

– Que diabo de Zona da Mata é essa, doutor? – perguntou o delegado que levantara a cabeça do sofá como um arrepiado espécime de jabuti.

– Eu explico – o prefeito estava visivelmente interessado em explicar a sua teoria da Zona da Mata aplicada no caso da votação do divórcio –, enquanto a votação andar lá pelos nortistas e até mesmo pelos nossos irmãos nordestinos, o divórcio passa, não tem jeito, é região de pouco casamento e de muita amigação, de muito coronel desprovido de princípios morais, onde impera a velha mentalidade dos jagunços e dos antônios conselheiros, zona de voto de cabresto.

– E daí? – quis saber o professor.

– Daí – prosseguiu Chico Salena com ar vitorioso – que é só esperar pelos votos do Rio e de São Paulo, do Paraná e de Santa Catarina, de Minas Gerais e aqui do nosso Rio Grande onde a maioria parlamentar possui acendrado espírito religioso.

– Ora, prefeito, convém não levar muito a sério essas teorias bacharelescas. A crer nesta tese, quando o pessoal do Rio e de São Paulo começar a votar, o divórcio ganha de cinco por um, pois é terra de gente separada, onde marido e mulher não se suportam por mais de dois ou três anos.

– Quem viver verá – respondeu o prefeito sem muita disposição de enfrentar nova discussão, descansando novamente a cabeça sobre o peito de Eugênia.

Comerlato notou a mão do professor sobre o joelho da indiazinha e incentivou: muito bem, vejo que o ilustre professor acaba de iniciar uma delicada operação de reconhecimento de terreno que vai ficar na história desta casa. Falou para Cenira: a menina já está se sentindo melhor depois daquela briguinha de gato? Zeferino, já meio bêbado e sempre preocupado com ruídos que poderiam vir lá de dentro, meteu a sua colher:

– Esta indiazinha vai precisar de uma semana para recuperar a antiga forma. O Atalibinha não é sopa.

O professor retirou a mão do joelho da menina e lamentou que os amigos tomassem um gesto de carinho como mera libidinagem; afagou o rosto febril de Cenira e disse que ela poderia ficar descansada, podia ir sozinha para a cama, merecia um justo prêmio pelo heróico desempenho daquela noite.

– Grau dez – acrescentou ele.

Eugênia, num gesto espontâneo, segurou a mão do professor e disse: que horror, a sua mão está gelada. Pediu ao Doutor Salena para permitir que o professor deixasse a sua mão um pouquinho no meio das suas, pois estavam frias de doer. O prefeito concordou, o professor Paradeda podia, era homem de respeito, era do Rotary e tinha sido do Lions, podia até botar a mão entre os seus joelhinhos que era lugar quente. O professor agradeceu, meio constrangido, mas disse que preferia aquecer as suas mãos no meio das suas próprias pernas, pois acima de tudo costumava respeitar a mulher do próximo.

Recordou novamente da mulher na porta de sua casa, desconfiada daquele negócio de escutar a votação junto com o Eliphas com Ph, no fundo sabendo que ele terminaria na casa de Dona Anja, coisa aliás que não a preocupava muito. Um dia ela chegara a dizer que a casa de Dona Anja até que desempenhava um papel de muita valia na sociedade local, pois com a casa dela e com as suas meninas os rapazes da cidade deixavam em paz as mocinhas de família, ao mesmo tempo em que davam vazão aos seus ardores sem perigo de doenças. Dona Clara havia dito que se fosse autoridade municipal isentava de impostos por vinte anos ou mais a casa de Dona Anja. Naquela ocasião o professor tivera ímpetos de abordar o prefeito e apresentar a sugestão, mas sentava mal confessar que a idéia partira de sua mulher, casada na Igreja e no cartório, comungando e se confessando regularmente.

Cheirou as mãos, era preciso que chegasse em casa sem o mais leve vestígio do perfume das meninas. Na volta, passaria pela praça, como sempre fazia, colhia folhas das árvores e as esmagava entre os dedos, a clorofila se encarregaria de desmanchar perfume mesmo que fosse francês.

Naquele momento Atalibinha reapareceu na porta que dava para o corredor dos fundos. Olhos ainda mais injetados, cabelos revoltos, só de cuecas. Dona Anja repreendeu:

– Meu filho, volte para vestir a sua roupinha e por favor bote o instrumento para dentro, há pessoas respeitáveis nesta sala.

Zeferino abriu os braços:

– Então, meu rapaz, comeu a outra pombinha com arroz? Seguiu os conselhos do papai?

O rapaz vagueou o olhar pela sala, meio imbecilizado, fitou o pai que sorria vitorioso:

– Pai, eu quero outra!

Eliphas com Ph não se conteve: céus, nem a votação do divórcio é capaz de atrair a atenção desse menino, seu Zeferino, bote logo o seu filho debaixo de um chuveiro frio para que ele possa recuperar um pouco de fôlego, para refazer as forças. Ataliba não ouvia nada e agora coçava displicentemente as virilhas vermelhas.

– Pai, eu quero outra!

XI.

Onde se conta o nervosismo do prefeito ao acompanhar, nome por nome, a votação em Brasília, enquanto o plantador de soja Zeferino Duarte tenta levar para o quarto, depois de várias e frustradas investidas, uma das meninas, numa empresa que termina malograda por seu próprio filho Ataliba — aquele que honra as tradições de machismo da família, dia a dia, ano após ano.

Zeferino percorreu toda a sala com os olhos e terminou no rosto de lua cheia de Dona Anja. Pouca menina, disse ele, pouca menina; no meu tempo as casas costumavam oferecer aos clientes dez, quinze e até vinte moças das mais prendadas da época; havia sempre alguma disponível para um cliente retardatário e depois (olhou para o sofá onde o médico esmorecia na luta livre de há momentos) naqueles tempos o médico da casa era só para dar clister nas raparigas e que eu saiba não se entregava a libidinagens nem na cama e muito menos nos sofás das salas, na presença de meio mundo.

Dona Anja tossiu forte a fim de impedir que o Doutor Monteiro ouvisse a indireta e partisse para tomar satisfações. Zeferino passava a mão espalmada pelos cabelos eriçados do filho que pestanejava de minuto a minuto, tonto de sono. Chola livrou-se momentaneamente das garras do delegado e perguntou ao plantador se não seria melhor fazer com que o rapaz dormisse um pouco, ele estava precisando de um sono reparador, mas sem esquecer a ressalva que atingia em cheio o orgulho de macho do pai: es um muchacho guapo e resuelto. O delegado pediu que ela falasse baixo e ficasse bem quietinha no seu canto, se não quisesse ir para a cama com o rapaz, pois ele bem sabia que o menino não era de respeitar a própria madrinha, uma senhora já entrada em anos.

Atalibinha, então, foi caindo em câmara lenta, o pai ajudando na acomodação mais confortável, a dizer que o menino era mesmo um monstrinho digno de ganhar dinheiro numa exposição pornô da Suécia. Perguntou se ele queria um copo de leite, mas Atalibinha não ouvia mais nada. Neca, porém, protestou em voz baixa, só para a patroa: pelo visto o Seu Zeferino pensa que isto aqui é uma maternidade, imagine, servir um copo de leite; deixa comigo que eu também passo um talquinho na criança.

Arlete trocara de roupa, penteara os cabelos e tirava o brilho da cara com uma boa camada de pó-de-arroz. Sentara-se numa cadeira bem afastada, mãos cruzadas sobre as pernas e olhar vago. A sua noite terminara pouco antes. Sentia-se agora moída, esfalfada, um trapo. Trouxera o pequeno garanhão de volta e o pai nem sequer lhe perguntara quanto devia. Menos de duzentos não aceitaria. Teria sido preferível fazer de graça, mas ele ficaria sabendo que aquela tinha sido a última vez; nunca mais iria para a cama com o Atalibinha, mesmo que ele fosse atacado pelo demônio e ficasse espumando em cima do tapete da sala. Trezentos (decidiu): nenhum tostão a menos, era preciso que as pessoas soubessem o quanto valiam.

O rapaz dormia a sono solto. Zeferino reforçou o uísque que agora chegava à metade do copo, botou duas pedras de gelo e mirou com vagar a sua transparência contra a luz. Viu Arlete no seu cantinho, comportada como uma meninazinha de escola. Foi até lá levantou um brinde à tradição dos Duarte e outro brinde à experiência nunca desmentida da mocinha.

– O senhor acha mesmo que trabalhei bem com o Atalibinha?

Demás! disse ele em tom forçadamente gauchesco, enquanto metia a mão no bolso e tirava um bolo de notas de cem e de quinhentos (do Banco do Brasil, meu anjo, que eu também sou filho de Deus e filiado à Arena desde a sua fundação), separou duas bem novas e estendeu a mão para a menina. Ela fez que não com a cabeça e permaneceu de braços cruzados. Não quer dinheiro nenhum, minha filha? Duzentos não, disse ela o seu filhinho me deu muito trabalho, cheguei a pensar que estava com meia dúzia na cama, me esbaldei, suei, agüentei firme e se não puder me dar trezentos é melhor até eu nem cobrar nada, eu me arranjo. Ele sorriu num misto de satisfeito e de irritado, tirou outra de cem do bolo e deu o que a menina estava sugerindo. Ela agradeceu alegre e ele então decidiu que a coisa tinha mesmo valido mais. Atirou sobre seu colo mais duas notas estalando de novas: merece mais, mulher que vai com o Atalibinha devia receber medalha do grão mérito de qualquer coisa das mãos do Presidente da República para quando chegasse aos trinta anos ostentar no peito, nos braços, nas costas e se necessário for nas calças dezenas de latinhas coloridas com fitas lembrando as cores da Pátria. Retornou para junto do filho e sorriu aberto para todos aqueles que haviam assistido ao seu festival de rompantes. Foi quando Comerlato pediu licença para proclamar:

– A emenda já leva a vantagem de dezoito votos e não me parece que a coisa ainda possa sofrer alterações...

O prefeito interrompeu as considerações do outro: é o fim do mundo, é o caos, é o dilúvio, a peste, os inimigos da família já levam dezoito votos de diferença, mas saibam todos, renuncio à Prefeitura, sob minha palavra de honra pela luz dos meus olhos, passo um telegrama para o Governador, outro para o Presidente, outro para o Francelino que é o presidente da Arena, nosso Partido, passo quanto telegrama achar necessário para quanto paspalhão que mande neste país, abandono a política, o Partido que se lixe, vou criar vacas em Soledade e nunca mais quero ouvir falar em eleição, em urna ou coisa que o valha.

O médico levantou-se, alisou com as mãos as calças amassadas, penteou os cabelos ralos e, de passagem, aconselhou o prefeito a ter mais calma, essas coisas passam, amanhã ninguém mais sabe quantos votos teve a emenda e nem quantos votaram contra: isto é assim, doutor, sempre foi assim, amanhã ou depois lá estará o Doutor Chico Salena se candidatando a deputado, a senador e com o meu voto e ainda os votos de toda a minha família; o que vale, meu caro prefeito, é o exemplo que a gente pode dar para essa juventude que anda por aí sem rumo. Vão implantar o divórcio no Brasil? pois muito bem, quem quiser largar a mulher que largue, cada um é dono do seu nariz e sabe onde o sapato lhe aperta, mas a gente dá o exemplo e continua com a mesma até morrer ou, como dizem os padres, até que a morte nos separe. E com a licença dos amigos, apresento as minhas despedidas.

Pedrinho perguntou se ele não gostaria de ouvir o resultado final de Brasília, a coisa não ia demorar muito afinal tratava-se da implantação do divórcio no Brasil.

– Leio amanhã cedo no jornal. Assim como o meu voto não vai modificar nada.

O prefeito ficou calado, olhando o médico sem ver, seu pensamento esvoaçara pelo salão, saíra por uma das janelas, atravessara a praça mergulhada no silêncio e na escuridão àquela hora da noite e nem sequer sentia sobre os joelhos as nádegas da menina Eugênia agora bem mais moderada segundo o desejo de Dona Anja. Chola acompanhava o médico, pediu a ele que não fosse embora, era ainda cedo, podia muito bem tomar um último uísque no quarto com Lenita, só um uísque mesmo longe de tudo e de todos, principalmente longe daquela zoeira de rádio que estava deixando as pessoas com os nervos à flor da pele. Ele disse um não peremptório, definitivo: eu disse à minha mulher que estaria em casa antes da uma e vou cumprir a palavra; não que a minha mulher seja dessas de cenas de ciúmes e aporrinhações para com os maridos que se demoram um pouco mais na rua, mas o meu casamento deu certo porque eu sei fazer as coisas, sei reunir o útil ao agradável, não abuso e quando digo que chego a tantas horas, lá estou eu, sem um minuto de atraso, metendo a chave na fechadura.

– Eu se fosse o amigo ficava um pouco mais para ver como o raio desta votação vai começar a virar. Vale a pena.

– Não, prefeito, já disse que prefiro ficar sabendo o resultado pelo jornal e vou dormir tranqüilo porque desta vez o Senador Carneiro acertou na mosca. Acho até que vou passar um telegrama a ele garantindo, no mínimo, cinco votos para a sua reeleição no ano que vem, vou convocar os amigos do Rio.

— Pois então até amanhã e meus pêsames pela surpresa que vai ter quando botar os pés para fora da cama à procura dos chinelos.

O médico fez um aceno circular e saiu. Zeferino esfregou as mãos de contente, enfim Lenita ficara livre e não havia de ser pelo seu amor exagerado ao casamento indissolúvel que agüentaria aquele malfadado radiozinho a noite inteira.

Chola havia acompanhado o médico até a porta e retornara perguntando a cada um se não queria mais bebida, recomendava o pastelzinho de carne, as empadinhas de queijo e depois se encaminhou para os fundos levando os pequenos baldes de gelo. Zeferino disse para seus botões que estava na hora de fazer uma investida qualquer para cima de Chola ou de Lenita, era só um problema de escolha, o delegado ressonava no sofá, Lenita andava lá por dentro tratando de recompor-se. De repente ficou preocupado com o filho que dormia encolhido ao lado dele; e se ele acordasse na hora em que tentasse fugir com uma delas para o quarto? Mas o rapaz estava pálido e ressonava, grandes olheiras dependuradas debaixo dos olhos. Atalibinha era um homem liquidado para o resto da noite, o organismo humano tem os seus limites e todos sabiam disso. Chola voltou e distribuiu os baldes de gelo com desenvoltura. Aproximou-se de Zeferino que ficara imóvel junto ao filho:

— E que se pasa con ello? — perguntou ao pai que lhe fez sinal para falar mais baixo.

Dorme, minha filha, o Atalibinha é como aqueles guerreiros da Idade Média que depois de dez batalhas dormiam dez dias seguidos; não que essa coisa deva ser tomada como exemplo, assim ao pé da letra, pois este menino, dentro de meia hora, é bem capaz de andar de gatinhas pelo salão atrás de uma outra mulher, sabe como é, é um Duarte e quem sai aos seus não degenera; eu era assim e com todo o peso dos anos continuo mais ou menos do mesmo jeito. Chola sorriu, disse que ele não precisava de publicidade, que diabo, ninguém duvidava das suas energias. Zeferino circulou o olhar por todos os que permaneciam grudados no rádio e sentiu um desprezo sem tamanho por aqueles maricas que deixavam de lado as mulheres só para escutar palavrórios dos políticos de Brasília. Na sua poltrona o Doutor Rutílio ressonava e Zeferino achou que o momento era chegado, afinal o delegado não ia acordar tão cedo:

– Quer acompanhar a votação sozinha comigo lá no quarto, enquanto o Atalibinha retempera as forças?

Ela confessou que não era uma hipótese para ser jogada fora, mas pediu que ele tivesse meia dose de paciência, precisava perguntar algumas coisas para Dona Anja, a negra Elmira não andava muito boa e tinha os pés inchados, precisava dar uma mãozinha no trabalho, mas era coisa de minutos. Zeferino não conseguiu esconder uma expressão de profundo desalento e passou os olhos pelo salão: Rosaura num canto, liquidada, Arlete no bagaço, Lenita ainda com um bom aspecto apesar das esfregações do médico. Virou-se para Chola e desabafou: que diabo, se não fosse o Atalibinha com a raça que recebeu de Deus e da família tradicional dos Duarte, a gente até que podia pensar que não existe um homem sequer aqui nesta casa, que estamos num piquenique de maricas, que casa de mulher hoje é lugar de ouvir transmissão do Congresso Nacional;

pelo que estou sentindo, a senhora simplesmente se recusa a ir para a cama comigo.

– Quiero decirle que se equivoca usted, senor Zeferino...

Prometeu ao plantador que iria com ele para o quarto, passasse ou não passasse o divórcio em Brasília, mas que pelo amor de Deus, pedia apenas uma gota de paciência. Tal padre, tal hijo – disse afastando-se com aquelas ancas de dar engulhos nos que iam ficando para trás.

Comerlato anunciou que a votação estava em noventa e oito contra e cento e dez a favor. O prefeito respirou fundo, afinal a diferença começava a diminuir, confirmava a sua tese da Zona da Mata, ele sabia, não era por menos que estava na política desde os bancos escolares.

– É a Zona da Mata, meus senhores, é a Zona da Mata que está chegando.

– Ora, não me venha com essa – disse o professor contrariado –, Zona da Mata coisa nenhuma, o divórcio vai passar e agora ninguém mais consegue impedir.

Tomou coragem e reclamou mais uma garrafa de Vat-69 por sua conta, pois com aquela garrafa iria comemorar a vitória da emenda que elevaria o Brasil no conceito das nações de todo o mundo. Passou o lenço na testa e notou que o prefeito parecia sufocado e bom seria se tivesse a lembrança de meter toda a cara num balde de gelo para refrescar a ira e o nervosismo. Também preocupada, Dona Anja trocou um olhar significativo com o professor que entendeu e logo:

– Ora, meu caro prefeito, afinal esta votação nem é decisiva, deve haver outra para confirmar, e até lá muita coisa pode acontecer debaixo do céu. Não é motivo para desespero. Sabe, daqui para a frente eu tenho medo é das pressões do governo sobre o pessoal da Arena, sei lá, um negócio qualquer como fidelidade partidária, questão fechada, a gente está vendo isto todos os dias, não é novidade.

Mas o prefeito não esfriava e todos agora se preocupavam mais com o estado dele do que mesmo com a votação que continuava sem grandes alterações. Eliphas com Ph deixara de consultar seu volante da Loteria Esportiva, Pedrinho jazia meio bêbado no tapete ao lado do rádio e o professor procurava desanuviar a tensão do amigo:

– Meu caro Doutor Chico, a coisa não é para tanto, pode crer na minha palavra; eu, se fosse o senhor, levava a menina Eugênia para o quarto e desabafava as mágoas em cima dos lençóis da casa amiga de Dona Anja.

Eugênia bateu palmas, boa idéia, o doutor bem que podia esquecer aquele negócio de divórcio, afinal era coisa que não dava camisa a ninguém e pelo que ela sabia o Doutor Chico não pretendia deixar a sua esposa e isso era o que importava. O prefeito suava de escorrer água pelo colarinho. Olhou com vista turva para Dona Anja que abrigava sobre os joelhos imensos a cabeça de Neca (emaranhava os dedos gordos nos seus cabelos loiros) e mastigava devagar os seus bombons recheados. Desconfiava que estivesse meio bêbado, naquela perigosa euforia irresponsável, vontade de cantar coisas que nem sabia a letra e muito menos a música, Dona Anja focava e desfocava diante dos seus olhos, até que repreendeu sem muita convicção a dona da casa:

– A senhora termina mas é com uma intoxicação de tanto comer chocolate.

Um pouco surpresa, ela limpou os cantos da boca com a ponta dos dedos, parecia nunca ter pressa, lamentou que o prefeito estivesse tão exaltado, afinal não havia motivo para aquilo, chegou a dizer que se fosse necessário mandava desligar o rádio, fazer um ponto final naquela coisa que estava incomodando meio mundo, as pessoas costumavam freqüentar a sua casa à procura de distração, de bons momentos, ouvir uma boa música, beber uísque, deitar com as meninas...

– Apoiado! – disse Zeferino impaciente.

O prefeito passava e repassava o lenço pelo rosto alagado de suor: saiba, Dona Anja, eu estou interessado nesta votação e muito; não por mim, graças a Deus, nem pela santa da minha mulher, mas pela família de todos nós, pela nossa sociedade que hoje pode receber um golpe mortal. Eliphas com Ph sublinhou de boca mole: golpe mortal, disse bem, apoiado! Pedrinho sentara no tapete e agora estendia o copo pedindo mais uísque e logo quis saber onde diabo se metera Arlete, a diabinha sumira como num passe de mágica. Viu Zeferino no sofá e quis saber onde andava o Atalibinha, esperava do rapaz o cavalheirismo de não carregar com sua mulher para a cama. O pai fingiu nada ter ouvido, o vereador mais parecia um gambá empapado de álcool, e além disso sua atenção estava presa às andanças de Chola de um lado para o outro, não acabava mais a tarefa de levar copos vazios, trazer gelo e outras garrafas. Lenita voltara e agora conversava com Cenira que mal conseguia resistir ao sono avassalador.

Por fim – Zeferino achou que havia passado a noite inteira – Chola chegou-se a ele, carinhosa: ahora yo soy su mujer! Estendeu-lhe amorosa as mãos abertas convidando-o a saírem, perdeu o equilíbrio e caiu pesadamente no colo do plantador de soja, batendo com o cotovelo no rosto do filho que abriu os olhos sem entender nada. Zeferino pronunciou um não do fundo do peito, e justamente agora tu me acordas o rapaz? Atalibinha levantou com dificuldade a cabeça, apoiou-se nos braços e olhou para o salão, mas viu os cabelos de Chola ao alcance de suas mãos, o busto desenhado inteiro atrás do vestido leve, os lábios carnudos:

– Pai, eu quero a Chola!

Zeferino deixou-se afundar nas almofadas, abriu a mão que agarrava a moça, amaldiçoou a demora dela e terminou por fazer um sinal para o filho, ele que levasse Chola para onde quisesse. Na verdade, ele não vivia um dos seus melhores dias.

– Lo hice sin querer, no sé qué me pasó, señor Zeferino...

Pois tanto faz, minha filha, vamos adiar a nossa festa para um outro dia qualquer. Agora, se me fazem o favor, saiam logo os dois da minha frente, vão para o diabo que os carregue.

XII.

A desnecessária promessa do prefeito Chico Salena à sua amante Isabel, antes da votação do divórcio pelo Congresso Nacional, quando ele ainda estava absolutamente certo da derrota da emenda do Senador Nélson Carneiro e certo também de que a vida iria prosseguir como até então, para felicidade dele, em particular, da sagrada instituição do casamento e do povo brasileiro em geral.

— Cento e trinta e oito pró, cento e quinze contra – gritou o Vereador Comerlato já de boca mole e olho vidrado.

Passou a língua saburrosa pelos lábios, coçou a cabeça, disse que para ele tanto fazia, que a emenda passasse por vinte votos ou por duzentos mil, para o diabo com tudo aquilo, então uma pessoa casava e depois sem mais aquela descasava, tudo não passava de briga de mulher e de marido e nesse tipo de briga já dizia o ditado que ninguém metesse a colher. Sorriu sem jeito diante da indiferença dos outros para o que ele dizia, desabafando. Falava agora para o prefeito (o infeliz parecia mesmo arrasado): o divórcio existe em todo o mundo e nem por isso o Santo Padre deixa de canalizar para o Vaticano o dinheirinho dos casamentos de primeira mão, de segunda e até mesmo os de terceira mão – levantou o braço como se estivesse discursando –, esses tais casamentos de ferro-velho.

Dona Anja mandou Neca buscar mais uma caixa de bombons, mas antes queria que ele acendesse uma cigarrilha. O prefeito ainda olhava para Comerlato sem esconder uma profunda antipatia pela sua discurseira, até que explodiu:

– Herege! Recuso-me a ouvir sandices de quem já bebeu o que não devia.

De boca torta, pediu a Eugênia para trocar de posição, esperou que a menina completasse a operação e ficou dobrando e esticando a perna que sustentara até aquele momento o corpo bem fornido de carnes. Falou de um formigueiro não só na perna que fizera às vezes de cadeira, mas também no braço esquerdo e até na mão que chegara a adormecer completamente. Ajeitou o corpo na poltrona, fechou os olhos, respirou fundo, lembrou-se da esposa Maria Helena, pedindo a ele que voltasse cedo, no dia seguinte era seu aniversário e haveria na certa um jantar para os amigos mais chegados e na Prefeitura aquelas mesmas homenagens de todos os anos, os funcionários desfilando para o cumprimento de praxe e mais as comissões da Câmara de Vereadores, da Associação Comercial do Lions, do Rotary Club, da Sociedade Municipal de Amparo aos Necessitados, da Liga Feminina de Combate ao Câncer, do Centro de Tradições Gaúchas, da Cooperativa Tritícola, da Associação Rural e dos sindicatos; ele prometeu voltar cedo, assim que terminasse a transmissão de Brasília (coisa a começar lá pelas dez horas, se tanto) que ele ouviria junto com os seus companheiros do Diretório Municipal da Arena, era preciso formar uma corrente espiritual no momento em que os materialistas ameaçavam a família brasileira. Chegara a falar da necessidade do retorno de um Padre Peyton, aquele mesmo que desencadeara em 1964 a Marcha da Família com Deus pela Liberdade, derrotando as hordas da República Sindicalista. A mulher disse que ficaria em casa, rezando.

Naquela tarde estivera nos braços de Isabel,

deflorada por ele havia três anos (no banheiro de seu gabinete na Prefeitura, entre uma audiência com o seu Secretário de Obras e um despacho com o Secretário dos Transportes) e que agora, com suas vinte e duas explosivas primaveras, conserva o mesmo glorioso esplendor dos dezenove anos, menina-moça ingênua e delicada, langorosa, fala aveludada, pedindo as coisas para ele em ronhas de gata em cio, sempre a escrever cartas de dez páginas para a mamãe que morava ainda em Restinga Seca; todos os meses ele mandava o seu carro oficial levar a amante até a estação por onde passava o trem húngaro com destino a Santa Maria, mas que a deixava uma parada antes, numa estaçãozinha antiga e deserta, para o convívio renovado com a mãe viúva e mais quatro irmãos pequenos.

Naquela tarde Isabel falara muito enquanto ele fumava um cigarro depois da primeira luta corporal, como sempre fazia, barriga para cima, nu, pernas cruzadas, cabeça enterrada no grande travesseiro de penas. Isabel tinha ouvido no rádio as notícias sobre o divórcio, quis saber quando entraria em vigor a nova lei, ele estava bem lembrado de todas as promessas feitas? e poderiam casar como todas as pessoas normais, entrariam juntos no Clube Comercial, viajariam para a Capital do Estado onde seriam recebidos no Palácio Piratini pelo governador e pela primeira-dama; casariam no civil e no religioso, ele de roupa preta e sapatos de verniz, ela de véu e grinalda, cauda imensa, os irmãozinhos menores fazendo o papel de pagens. Ele explicara bem em que pé andavam as coisas, só naquela noite é que a emenda Nélson Carneiro entraria em votação e se não passasse agora, passaria dentro de mais alguns meses. Mas o essencial era que os dois se amavam (rebuscou na memória) como Tristão e Isolda, Romeu e Julieta, Marília e Dirceu, e que de mais a mais as leis dos homens não faziam falta quando havia entre aqueles que se amavam paixão e sinceridade.

Durante o expediente da manhã tivera o cuidado de perguntar ao seu chefe de Gabinete o que ele achava da votação da noite e o rapaz dissera com inabalável convicção que a emenda sairia derrotada pelo menos por cinqüenta votos, pois ele estivera a ouvir no rádio as declarações dos líderes do governo nas duas Casas do Congresso e depois era sabida a posição do Presidente da República contra o divórcio, um luterano que não deixaria passar a suprema ignomínia. O Secretário de Administração chegara a dizer que daria a mão direita para cortar se o divórcio passasse; lembrara a campanha da Igreja em todo o país, a pressão dos bispos sobre os congressistas, as ameaças de listões nas eleições do ano seguinte; não tinha mais nenhuma dúvida, a emenda do divórcio ia ser uma vez mais derrotada naqueles últimos vinte anos de tentativas. O Secretário dos Transportes, inquirido, chegara a dar números concretos (era um sujeito bem informado) dizendo que dos 375 eleitores qualificados, nem 120 votariam pela emenda do Senador Nélson Carneiro.

Quando chegara ao ninho onde Isabel o esperava de camisola negra com rendas e fitas, discreto perfume de alfazema (que também era o dele, por mera precaução), decidiu que aquela tarde seria a melhor, a inesquecível tarde de sua vida, com uma Isabel desmanchando-se no aconchego dos seus braços, morrendo de amor e de esperança. Sem que ela perguntasse nada, ele dissera, meu amor, tenho uma notícia que te fará morrer de felicidade, hoje à noite o Congresso Nacional deve aprovar a emenda do divórcio do Senador Nélson Carneiro, nosso santo protetor, eu não te dizia? mais quatro ou cinco meses eu peço o desquite e dentro de um ano, se tanto, nos casaremos com uma grande e memorável festa e vamos passar a nossa lua-de-mel em Buenos Aires (onde se pode ir sem pagar a maldita taxa para sair do Brasil), ouvindo tangos no Caño 14 e comendo a melhor carne do mundo em La Cabaña. Isabel dera um gritinho de nervosa, disse que suava na palma das mãos só em ouvir o que ele dizia: meu Deus do céu, nem tratei ainda do meu enxoval. Foi quando ele tirou do bolso o talão de cheques, preencheu um, com letra redonda e bem desenhada, guardou a caneta com estudada calma, presenteou-a generosamente, pediu que ela o descontasse no banco e fosse a Porto Alegre fazer umas comprinhas. Isabel arregalara os olhos, não queria acreditar: trinta mil cruzeiros! É pouco, justificou-se ele, mas para o início dos preparativos acho que dá. Beijaram-se amorosamente, então ela disse que tinha uma surpresa para ele, seu amor não deveria sair dali, nada de estragar a festa, bem quietinho no sofá da pequena sala enquanto ela iria para o quarto preparar a surpresa. Mas antes serviu um uísque com bastante gelo e abriu um pacotinho de amendoim salgadinho.

Para ele fora, o uísque mais demorado que havia bebido em toda a sua vida. Isabel não voltava nunca, ele preocupado com o passar dos minutos, deveria assinar muitos papéis naquela tarde, coisas urgentes da Prefeitura que ficava ao lado (ele mandara abrir um portãozinho estratégico no muro dos fundos que separava o terreno da Prefeitura do quintal da casa de Isabel. Todo o mundo sabia do seu segredo, mas sabia também que ninguém teria o topete de abrir o bico.

Quando havia algo de realmente muito urgente, seu chefe de Gabinete corria para o pátio e batia na parede do quarto com uma pedra qualquer; era para enfiar a roupa, atravessar o portãozinho e subir depressa as escadas da parte dos fundos da Prefeitura e chegar ao seu gabinete como se de lá nunca tivesse saído). Um dia sua mulher passara por lá e os rapazes haviam realizado a operação num tempo relâmpago, só que o chefe do Gabinete não se limitara a bater com a pedra na parede, mas passara o portãozinho, entrara pela porta da cozinha e batera diretamente na madeira da porta do quarto: doutor, sua esposa está lá na Prefeitura e quer falar com o senhor, está na sala de espera mas disse que tem pressa. Ele se vestira em meio minuto e em menos de outros dois estava sentado atrás de sua grande mesa, ladeado pomposamente pelas bandeiras do Brasil e do Rio Grande do Sul. Maria Helena pedira desculpas pela interrupção, mas a filha Maria Aparecida estava com placas na garganta e ela queria saber se não devia chamar o Dr. Monteiro que era pessoa amiga e médico competente, a mocinha estava febril e muito abatida. Foi quando a mulher notou: que diabo ele fizera da gravata e logo ali no seu gabinete onde pessoas importantes entravam e saíam? Só naquele momento ele se dera conta de que havia esquecido a gravata no quarto de Isabel, passou a mão no peito, sorriu sem jeito e disse meio vago que costumava tirar a gravata quando não tinha audiências externas, aquele era um dia para despacho exclusivo com seus auxiliares imediatos. Quando Maria Helena saiu ele voltara afogueado para recolocar a gravata, mas terminou tirando a camisa, as calças, o resto da roupa, recomeçando tudo de novo, que a tarde estava pesada e muito convidativa para deixar-se ficar nos braços quentes e macios de uma mocinha de vinte e dois anos. E justo na tarde em que ela sonhava com o seu véu e sua grinalda, quando iniciava a contar as horas e os dias que a separavam do casamento glorioso.

– Depois de quantas semanas o meu amor pode pedir o desquite? – perguntara Isabel passando o dedinho na ponta do seu nariz.

– Desquite coisa nenhuma, passando a emenda a gente já pode pedir o divórcio direto, sem delongas nem burocracias, minha linda. Mas sempre demora um pouco.

– Dois meses? – quis saber ela.

– Calma, minha flor dos pampas, isso eu não posso dizer sem antes ler a emenda depois de aprovada pelo Congresso. Acho dois meses muito pouco para um marido chegar para a sua mulher e dizer, escuta aqui, minha filha, nossos gênios nunca combinaram, somos dois estranhos debaixo deste teto, nossa vida tem sido um inferno, vou pedir o divórcio. Ainda mais quando se tem filhos, como eu, sabe, o fator tempo é muito importante.

– Quatro meses? – insistiu Isabel querendo fixar com urgência um prazo qualquer.

– Quem sabe, pode ser, mas eu diria uns seis meses.

– Seis meses? – choramingou ela num miado prolongado e aflito. – Vou ficar velha de tanto esperar, acho mesmo que tu não me amas, que tens outra mulher na tua vida.

Como as lágrimas corriam de verdade pela face rosada da moça, o prefeito sentiu um profundo remorso no peito e prometeu que a partir do dia seguinte (ele estava seguro, o divórcio não passaria) ele iria dedicar as suas horas no estudo acurado da emenda, parágrafo por parágrafo, quando então poderia marcar uma data certa para o casamento. Isabel ganhou mais confiança, pegou de sua mão e o levou para o quarto onde tornaram a enfiar-se entre os lençóis pretos (a surpresa prometida por Isabel), o quarto iluminado apenas por uma lâmpada fraca do abajur de cabeceira, um rádio de pilha ligado numa estação FM tocando um interlúdio que lhe parecera ser Mozart. Isabel novamente despira a camisola e fora direto para a cama fantasmagórica fazendo com que a brancura de sua pele ganhasse intensa sensualidade no contraste com o negro do tecido. Era como se o mundo não existisse além daquelas quatro paredes, roçou o lado do rosto sobre os seios macios, fungou, preparou-se e foi quando ela o afastou de leve e miou:

– Seis meses?

Ele quis saber que diabo de seis meses eram aqueles.

– Para pedir o divórcio, meu amor.

– Ah, claro, sim, seis meses – disse ele tornando a enfiar o nariz nas suas carnes, dizendo de si para si que aquela fora a mentira mais rendosa que aplicara nos últimos anos; embora um prefeito consciente fosse obrigado a mentir todos os dias.

Quando ele fumava o cigarro de sempre, Isabel voltara à carga. Aprovado o divórcio naquela noite, a primeira coisa que ele deveria fazer era falar abertamente para Dona Maria Helena, repetir o que sempre dissera, que a vida de ambos era um inferno insuportável e que decidira cortar o mal pela raiz. Ele puxava fumaça e concordava. Soltava fumaça pelo nariz e concordava. Sacudia a cinza que crescia rapidamente e concordava. Sentiu quando a mão dela voltava a explorar seu corpo e sua virilidade, seus segredos e pontos fracos; aspirava o seu hálito quente e sensual, sentia o ventre dela colado às suas ancas e sem saber por que decidiu pintar o sonho com traços mais reais:

– Depois do divórcio vou comprar o sobrado branco que foi do Coronel Quineu Castilhos de saudosa memória, bem aqui na praça, mando buscar móveis de Gramado e de Canela, de Torres também, tapetes de Porto Alegre, cortinas, contrato três empregadas de agência regular de domésticas, são mais profissionais, uma para a cozinha, forno-e-fogão, outra para o serviço de copeira, só para servir a mesa, trazer café na cama quando a gente acordar depois de uma noite inteira de loucuras e extravagâncias, e uma outra para tomar conta da limpeza geral, não quero que o meu amor estrague estas mãozinhas de fada. Então o meu amor pode passar o dia inteiro se cuidando para me receber ao cair da tarde, depois de um banho de imersão em leite de cabra e eu já trago da rua todas as revistas para homem que andam aí pelas bancas.

A mãozinha dela acelerava, inquieta, nervosa, febril, curiosa, terna, meiga, doce, lasciva, experiente.

– Mando buscar de Paris (ele estava bem informado, a emenda não passava) essências aromáticas para o banho, perfumes exóticos da Índia para as partes íntimas, filmes eróticos para o meu amor aprender artes francesas, gravuras da Escandinávia, coleções de fotos a dois da Suécia.

– Um dia eu quero ir até a Suécia com o meu amor – miou Isabel mordiscando o lóbulo de sua orelha.

– E por que não? – disse ele afundando a cara no seu regaço escaldante – Na Suécia, em Paris, Londres, Nova York.

– Nem me fala, amor, eu hoje não durmo só para ficar grudada no rádio ouvindo a votação de Brasília. Será que passa mesmo?

Com uma leve ponta de remorso, ele enfatizou:
– Querida, confio no Congresso do meu País.

Isabel disse que recortara de uma revista a foto de um vestido de noiva que era uma glória. Simples, corpete reto, saia justa até os joelhos abrindo para baixo numa festa de pregas, o véu fazendo um grande tufo pregueado atrás da cabeça de cabelos puxados e presos sobre a nuca, metros e metros de comprimento, para que na hora sagrada da bênção divina, na redoma dourada do altar, cheiro de incenso e luzes de vela, a grande cauda descesse as escadarias da igreja, atravessasse a rua e terminasse num leque de espumas sobre os canteiros da praça. A seguir beijou seus ombros, o peito, o ventre, os dois no meio da cama de lençóis pretos, como dois fantasmas a se consumirem de amor.

Nisso ouviram as batidas na parede (o reboco já estava descascado), era preciso voltar, olhou o relógio: céus, quase sete horas. Isabel ainda quis que ele ficasse um pouco mais, o quarto estava quentinho e acolhedor, seu desejo parecia não mais ter fim, dos seus olhos brotaram lágrimas, muito obrigada, meu querido, muito obrigada pela notícia maravilhosa que me deste hoje, este vai ser o dia mais inesquecível de toda a minha vida. Mais quinze minutos só? Nunca a sentira tão amorosa meiga e nem tão entregue como naquele cair de tarde. Agradeceu (procurando esquecer o cinismo) ao Senador Nélson Carneiro que lhe proporcionara horas de tão intenso amor e felicidade. Milhares de casais, em todo o Brasil, quem sabe não estariam também agradecidos ao senador, o patriarca da felicidade geral da Nação. Passaria no dia seguinte um telegrama a ele, lamentando a contundente derrota mas agradecendo os momentos de prazer que ele havia proporcionado a todos os amantes brasileiros. Que no próximo ano a dose se repetisse e que todos os homens de boa vontade votassem nele na hora da reeleição.

Quando enfiava as cuecas e vestia a camisa disposto a correr para casa, jantar qualquer coisa e depois encontrar-se com os amigos na casa de Dona Anja, Isabel ainda não o deixava só, grudada no seu amor, agradecida, desfalecendo de gratidão. Ela disse que se sentia tão leve que bastaria bater com os braços e voaria ao redor do quarto, leve como uma pluma, ágil como um pássaro. Seis meses, repetia, seis meses. Exausto, mas feliz, ele terminou de enfiar o casaco, beijou-a demoradamente e disse que a vida de ambos começaria mesmo no dia seguinte. Foi além:

– O Brasil amanhã, meu amor, entra no rol das sociedades mais adiantadas e evoluídas no mundo – disse com medo que ela notasse nos seus olhos o remorso que chegava avassalador.

Isabel levou-o até a porta da cozinha e quando ele atravessava o portãozinho lançara um último olhar e vira o rosto da amante banhado em lágrimas de agradecimento e de felicidade. Dera de cara com o chefe de seu Gabinete.

– O senhor desculpe, Doutor Chico, mas fiquei com medo que tivesse pegado no sono e ia ser o diabo para explicar depois para Dona Maria Helena.

Sob os olhares preocupados de Dona Anja, o prefeito chegara a dormir um pouco no ombro de Eugênia. Estava pálido como se houvesse desmaiado. A menina bateu de leve no seu rosto: meu amor, acorda, o uísque já virou água. E o prefeito, nada. Zeferino achou que era melhor o homem dormir, pediu para ele próprio um bom reforço de bebida, não quis gelo, começou a beber como quem mama, chupando na borda do copo diante da expressão de horror de Neca que era muito delicado diante de qualquer grossura. Foi quando o Doutor Chico arregalou os olhos, virou-se para o Vereador Pedrinho que ainda estava no chão, quase deitado e visivelmente bêbado, disse gaguejando mas então o divórcio vai mesmo passar? Minha Nossa Senhora dos Aflitos, eu não merecia isso, juro que não merecia, este país está cheio de traidores e eu pergunto onde afinal se meteu a Igreja que não faz nada, que não diz um basta para esta corja, não excomunga, vejam os senhores, o divórcio vai acabar com a felicidade das pessoas, vai desmanchar muito lar feliz e isso não é possível e eu me pergunto onde estão as nossas gloriosas Forças Armadas que não invadem com seus tanques e canhões aquele valhacouto de vendilhões e de safados que só sabem sugar o dinheiro dos cofres públicos enquanto amordaçam a moral do Brasil, hoje um país de materialistas, de ateus e de marxistas.

Pedrinho olhava para ele, espantado. O professor pediu-lhe que se acalmasse, afinal a coisa não era assim para preocupar tanto, o divórcio era para aqueles que quisessem e não seria obrigatório para ninguém. Mas o prefeito não queria acreditar, dizia meu Deus, meu Deus, e agora? Agarrou firme uma das mãos de Eugênia e arrastou-a para dentro. Todos ouviram o bater da porta do quarto e Comerlato aproveitou para anunciar um outro resultado que aumentava a margem de votos a favor.

– Dona Anja – disse Neca levantando a cabeça de seu colo –, eu acho que o Doutor Chico não está nada bem, tomara que a menina consiga acalmar o vivente.

Levantou-se de onde estava para roubar mais um bombom da patroa, jurando que seria o último daquela noite, mas que adorava bombom recheado com nozes. Levou um outro para ela. Dona Anja agradeceu fingindo estar zangada, agarrou os dois bombons e diante de surpresa geral desembrulhou um e o atirou para o ar de modo que o jovem o aparasse como um cachorrinho. Às vezes conseguia passar na difícil prova. Conseguira mais uma vez. Houve um instante de silêncio quando a voz do presidente do Congresso se tornara mais clara e audível prosseguindo na chamada nominal no seu sonolento tom monocórdio.

Atalibinha surgiu novamente, vindo dos fundos, agora inteiramente nu. Dona Anja não conseguiu reprimir uma exclamação de espanto, cobrindo a boca com as mãos, céus, o menino de fato não respeita a minha casa. O pai saltou da cadeira: meu filho, mas então isso é jeito de aparecer numa sala? volta já lá para dentro, enfia pelo menos uma cueca, respeita os mais velhos.

– Pai, eu quero outra.

Zeferino olhava-o como se estivesse diante de um fantasma numa estrada deserta; não queria acreditar, repetia devagar: quer mais outra? e depois virou-se para Dona Anja e começou a chorar e Dona Anja ficou sem saber se era de tristeza ou se era de pura alegria, enquanto o rapaz insistia na repetição, queria outra menina, enquanto aqueles que haviam separado do rebanho as suas meninas tratavam de esconder o seu par, menos o delegado que dormia no sofá com as pernas atravessadas sobre o colo de Lenita, enquanto Chola fingia que arrebanhava copos e garrafas espalhadas até pelo chão, desejando, depois da refrega, estirar-se numa cama ou mesmo no tapete da sala e dormir por três dias seguidos.

Atalibinha procurou uma poltrona, sentou-se largado, encostou a cabeça numa almofada e dormiu no mesmo instante, como se tivesse recebido uma porretada no crânio.

Neca tirou uma toalha de uma mesa auxiliar, correu para junto do jovem e tratou de cobrir o corpo nu. Disse para a patroa, com ar inefável:

— Parece um fauno, mãezinha, e se duvidarem muito, ele é um fauno mesmo.

Aproveitou o gesto de estender a toalha sobre o corpo demolido para passar a mão trêmula pela cabeça do rapaz que ressonava.

XIII.

Finalmente termina a votação da emenda do divórcio pelo Congresso Nacional, em Brasília, com a vitória insofismável do Senador Nélson Carneiro, depois de vinte anos de lutas e desilusões, quando uma desgraça sem nome se abate sobre o conceito da casa de Dona Anja e sobre um dos seus mais ilustres freqüentadores, diante do espanto de todos e da tristeza pela morte de um ente querido.

Terminava a votação. Comerlato achou que caberia ao professor, mais velho entre os presentes, a tarefa de proclamar os resultados finais. Pedrinho encostou-se nos pés de uma poltrona, perguntou se era preciso fazer tanto mistério, que diabo o presidente da Câmara que desse logo os números da vitória. Eliphas com Ph chegara finalmente a uma conclusão a respeito das dúvidas entre Rio Branco e Vitória. Um anjo todo vestido de negro, espada de fogo na mão, asas de pena de ganso e um grosso bigode (o fato de um anjo surgir na sua madorna com bigode fez com que ele duvidasse da mensagem, mas não era homem de contestar suas visões), lhe aparecera para dizer que o resultado do jogo número quatro seria um empate de zero a zero; vira com bastante nitidez o juiz (tinha a cara do professor e até suas barbas brancas) no momento de apitar o encerramento do jogo e ainda um grande placar luminoso com o registro nítido do zero a zero. Em face da visão, perguntou a Comerlato: deu empate no Congresso? Que empate coisa nenhuma, todo o mundo tem a mania de enxergar futebol até nas decisões mais sérias deste país, replicou Comerlato irritado. Dona Anja bateu palmas com as suas mãos fofas, quase ninguém ouviu. Queria chamar a atenção para os esforços do presidente da Câmara em dar o resultado com uma certa pompa. As meninas se acercaram dele, menos por interesse em saber dos resultados em si do que pela previsão de um fim de noite em que elas pudessem ir para a cama.

O professor disse que reivindicava a incumbência com prazer. Todos aprovaram a idéia. Pigarreou. Sentia-se presidindo uma sessão do Rotary, os convivas ao redor da grande mesa, bandeiras austeras, todos os olhares voltados para ele; pediu silêncio e apanhou das mãos de Comerlato as anotações finais; fez um sinal para que todos se aproximassem, limpou mais uma vez a garganta irritada pela fumaceira:

– Meus senhores, distintas senhoras, eis os resultados finais da votação, no Congresso Nacional, da emenda que institui o divórcio entre nós, incorporando-o à Constituição Brasileira: senadores, trinta e dois votos a favor, vinte e quatro contra. Vitória do divórcio por oito votos.

– Uma vitória ridícula, como todos podem ver – disse Comerlato limpando o nariz.

– Vitória é vitória – afirmou Pedrinho de olhos fechados, corpo derreado –, tanto faz meter dez golos como um só, a vitória termina valendo a mesma coisa.

– Um momento, cavalheiros – reclamou o professor –, espero que tenham a gentileza de me deixarem anunciar os resultados completos.

Dona Anja deu inteira razão ao professor. Reforçou o pedido de silêncio; fez sinal para as meninas ficarem caladinhas. Pediu ao professor que prosseguisse.

– Resultado da votação dos senhores deputados, vejamos aqui, temos cento e oitenta e sete votos pró e cento e trinta e dois contra; a diferença para mais, pró emenda divorcista, cinqüenta e cinco votos; resultado geral das duas Casas, ou melhor dito, do Congresso Nacional, duzentos e dezenove votos a favor do divórcio e cento e cinqüenta e seis contra. Diferença a mais para os adeptos da emenda, sessenta e três votos. Informo também que a votação durou exatamente quarenta e três minutos. E tenho dito.

Pedrinho Macedo tentou aplaudir, mas só conseguiu derramar o copo de uísque no tapete. Comerlato pediu a palavra para justificar o que ele mesmo chamou de seu voto: para mim, tanto faz uma coisa ou outra, graças a Deus tenho um lar bem constituído, não vou precisar jamais desse tal de divórcio, mas nunca deixei de lembrar que a medida pode beneficiar milhares de brasileiros que carregam uma pesada cruz social. Pedrinho protestou, pesada cruz social é besteira. O professor lamentou que o delegado ainda estivesse dormindo no sofá, indiferente aos destinos do país. Eliphas pediu um aparte para lembrar ao nobre vereador que aquela votação ainda não era a definitiva, que o próprio rádio informara a exigência de uma nova votação. Pedrinho balançou a cabeça confirmando, agora é que a porca torce o rabo, este governo vai fazer o diabo em matéria de pressões, vai correr dinheiro a rodo para a compra de senadores e deputados, sabem, é o câncer das ditaduras. O presidente da Câmara disse que nem tanto ao mar, nem tanto à terra, o vereador emedebista falava como um membro da oposição que outra coisa não tem feito desde 1964 senão transformar o Brasil numa outra Cuba; reconheço que todos somos humanos e temos defeitos, mas nunca na História do Brasil havia se registrado um período de tanto progresso e de tanta honestidade no lidar com os dinheiros públicos. Pedrinho levantou as mãos para o ar, pelo amor de Deus, cuidado que o teto pode desabar sobre as nossas cabeças! Dona Anja pediu calma, era melhor que todos bebessem pelo final da votação, um brinde não fazia mal a ninguém. Mas Comerlato insistiu:

– Se não fosse o Presidente Geisel ter acabado com a obrigatoriedade de dois terços para alterar a Constituição o divórcio não seria possível jamais nesta terra.

– Graças ao Pacote de Abril, senhor governista – disse Pedrinho. – O tiro saiu pela culatra. Tanto mexem e remexem nas leis que a esta altura ninguém sabe a quantas anda. Pois agora que mordam o pó dos tapetes.

Para demonstrar que não se sentia abalado pelo resultado da votação de Brasília, Comerlato não ligou para os argumentos do adversário e pediu que uma das meninas botasse um disco alegre na eletrola, precisava de música, aquilo ali mais parecia um velório, o que passou, passou. Viu Neca choramingando diante das notícias, o rapaz estava confuso e até perguntara à patroa se aquilo tudo não iria resultar no fechamento das casas de meninas em todo o Brasil e Dona Anja mandou que ele calasse a boca e não fizesse escândalo, o divórcio não iria mudar coisa nenhuma.

O professor queria acordar o delegado, lembrou-se do prefeito que estava no quarto com a menina Eugênia (devia andar pelos quintos da lua) e pediu a Neca que fosse bater na porta do quarto e dar a notícia. Devagar, uma notícia que deveria ser dada em pílulas, com jeito e cuidado. Começando por longe, chegando aos poucos, soltando os números em gotas, todo o mundo sabia das fraquezas de coração do prefeito. Lembrou:

duzentos e dezenove pró, cento e cinqüenta e seis contra. Comerlato botou as mãos na cabeça: acho melhor não dizer nada, vai ser o diabo para o pobre do Doutor Chico, palavra de honra que eu não gostaria de estar na pele dele nesta hora, é o que eu costumo chamar de beco sem saída. O professor não compreendeu bem o exagero do vereador; ele que não viesse com história de que o prefeito estaria pensando em divórcio ou coisa parecida. Não, disse Comerlato, é aquele caso que ele tem com a mocinha Isabel, filha do falecido Venâncio da Agência Ford; outro dia a moça andou dizendo para as amigas que o prefeito prometera desquitar-se e que se viesse o divórcio, pronto, casavam, no civil, no religioso, ela de véu e grinalda, ele de casaca; pois a ser verdade as conversas dela com as amigas, a partir de amanhã o prefeito vai começar a dar um jeito na separação e nos papéis. O professor disse que se negava a acreditar em tais sandices, o Doutor Chico Salena era um homem de respeito, nada de andar com amantes fixas, um caso hoje outro numa semana qualquer, vá lá, isso todo o homem costuma ter sem abalar a estrutura do lar que é coisa sagrada para os homens de bem, e logo o Doutor Chico que é um exemplar chefe de família. Repetiu com toda a ênfase possível: boatos, boatos. Comerlato voltou a insistir: é verdade, conheço a moça e o ilustre professor que me desculpe, o senhor não ignora nada e só quer agora desculpar o amigo do peito, o que é elogiável, mas não adianta querer tapar com uma peneira um sol desse tamanho; bem, lá está ele sacudindo a cama inteira, é um direito que lhe assiste e acho que o Neca deve ir lá, bater com cuidado, dar a notícia devagar, tudo isso eu acho justo, mas não acho que se deva esconder uma verdade que se ele não souber agora saberá logo depois.

Zeferino, sentindo as coisas rodopiarem em torno de si, pronunciou um arrastado e apagado aqui a gente faz, aqui a gente paga; pelo que sei, o Dr. Monteiro deve andar na mesma situação, é uma entaladela dos diabos. Neca perguntou se devia ou não devia avisar o prefeito. Dona Anja o empurrou, pois que fosse de uma vez e voltasse depressa, queria o ajutório dele para abrir duas garrafas de champanha. O rapaz saiu lépido, desapareceu no corredor dos fundos e todos ouviram quando ele batia com o nó dos dedos na porta do quarto. Sem esperar resposta declamou os resultados e retomou num átimo para a sala onde enrodilhou-se como um cãozinho, aos pés de sua dona que agora balançava a cadeira lentamente. Comerlato disse, fez tudo ao contrário. O professor reclamou das pessoas que ouvem as coisas por um ouvido e a seguir deixam que tudo escape pelo outro. Dona Anja passava as mãos nos cabelos do jovem, como a dizer que ela perdoava as estroinices do seu afilhadinho.

Foi quando ouviram um grito de mulher. Zeferino pulou de onde estava, olhos arregalados:

– Foi Eugênia, posso jurar, vai ver o prefeito quer imitar o meu Atalibinha, mas não vai ser fácil!

Houve uma expectativa geral, até o delegado chegou a abrir um olho, Pedrinho Macedo tentou levantar-se do tapete, Eliphas veio em seu socorro, quase caíram os dois. Zeferino parecia disposto a correr para os fundos e colar o ouvido na madeira da porta, ninguém seria capaz de arrancar de uma menina um grito daqueles a não ser (modéstia à parte) alguém do clã dos Duarte (olhou com ternura para o filho que ainda dormia de boca aberta) como ele próprio e o Atalibinha, tudo com prova provada, exemplos edificantes e exibições de valerem milhões numa época em que os homens já não eram os mesmos, era como sempre dizia para os amigos, já não se faz homem como antigamente.

Eugênia surgiu na porta envolta apenas num lençol, olhos esbugalhados, trêmula da cabeça aos pés, muda apontando desesperadamente para dentro. Dona Anja, diante da aparição insólita, engoliu um bombom inteiro:

– Mas afinal o que se passa, minha filha?

Um mau pressentimento lhe passou pela cabeça. O professor adivinhou: deve ter acontecido alguma desgraça ao Doutor Chico Salena.

– Vamos, desembuche, afinal o que aconteceu? – perguntou Eliphas com Ph, voz sumida.

A moça só conseguiu dar meia-volta, cambaleante como se estivesse ferida (como aquelas figuras de filme de faroeste, mão aberta sobre o peito, só faltando a massa de tomate), retornou, agora em prantos. Quase todos, de cambulhada correram atrás, empurrando-se, enquanto Neca tentava (sem o menor êxito) ajudar Dona Anja a levantar-se de sua cadeira de balanço.

O primeiro a entrar no quarto foi Comerlato. Logo depois Chola. O prefeito estava nu, estendido sobre os lençóis em desalinho, mão em garra, crispados em torno de um travesseiro, rígido, olhos muito abertos. Com grande esforço Dona Anja conseguira livrar-se da cadeira e esperava agora que Neca destrancasse o fecho da outra metade da porta para conseguir passar com seu corpanzil que sacudia, gelatinoso. Quando deparou com o corpo despido do prefeito, sentiu uma vontade quase insopitável de chorar, mas conteve-se, reagiu, afinal era a dona da casa, mandou que chamassem um médico, mas que diabo, fica meio mundo aí parado sem dar assistência a quem carece. Eliphas já estava ao lado da cama: e logo hoje que o Dr. Monteiro resolveu dar o fora mais cedo é que vai acontecer uma desgraça com o prefeito, esses médicos parece que adivinham passarinho verde.

– Chamem a polícia – gritou uma das meninas.

Agarrando-se na cabeceira da cama, Pedrinho lembrou que o delegado estava na casa, bastaria alguém acordá-lo, quem sabe a própria Dona Anja, a Chola, isso a Chola conseguiria os seus intentos jogando um pouco de água na cara do homem, água de gelo.

Com falta de ar e um início de taquicardia, Dona Anja apoiou-se à parede, esfregava nervosa o lencinho de rendas nos olhos lacrimejantes, por fim lamentou, num fio de voz: pronto, lá se foi todo o conceito da minha casa, toda a reputação construída por anos e anos de sacrifícios e de trabalho de toda a ordem, só Deus sabe como, e agora esta desgraça justo com o prefeito! Rezava baixinho, só com o movimento dos lábios trêmulos, meu Senhor dos Aflitos, minha Nossa Senhora Aparecida, São Judas Tadeu, São Jerônimo, Maria Mãe de Deus, rogai por nós!

Mais objetivo, o professor recusava-se a entrar no histerismo coletivo, quis saber de modo prático:

– Mas afinal o prefeito está morto ou será só uma síncope?

Chola, com vasta e proveitosa experiência nos mueblados argentinos, sugeriu ao professor: se vê con un espejo en la respiración. Um espelho, gritou o professor. Cenira saiu e retornou em frações de segundo, trazia um pequeno, desses ovais, de bolsa. O professor aproximou-se do corpo, estendeu o braço, passou várias vezes com o espelhinho pelo nariz do homem, depois pela boca, nem sinal de bafo. Disposto a não se deixar enganar, movimentou a mão espaldada diante dos olhos arregalados e fixos.

– Lamento muito – disse ele solene depois de haver colocado a mão também sobre o peito inerte –, o prefeito está morto, não tem mais volta.

Eugênia teve um desmaio e foi logo amparada pela amiga que estava a seu lado. Quando reagiu, começou a chorar fininho e emendado. Outras correram para a cozinha. A negra Elmira espiava da porta, a repetir incansável o sinal da cruz. Dona Anja ordenou a Neca que fosse avisar a família, alguém deveria tomar providências urgentes.

– Avisar a família? Será que eu ouvi bem? A senhora por acaso perdeu o juízo? – dizia Pedrinho em franca recuperação do uísque.

O professor achou melhor que o caso fosse discutido em mesa-redonda, entre todos, nada de precipitações, o Vereador Pedrinho Macedo até que tinha razão, não se poderia bater na porta de sua casa e dizer que o prefeito havia morrido numa cama da casa de Dona Anja; ser recebido por Dona Maria Helena na porta e dizer, lamento informá-la, mas seu marido, o Doutor Francisco Salena, acaba de morrer de um enfarte na casa de Dona Anja, bem no momento em que se encontrava na cama, em cima da senhorita Eugênia. Comerlato consultou se não seria conveniente convocar os seus assistentes da Prefeitura, afinal eram todos eles funcionários pagos para assessorar o edil, estivesse ou não em seu gabinete, despachando normalmente (Dona Anja suspirou: antes estivesse!); mas se os demais achassem que a solução apresentada pelo nobre professor era a melhor, pois que se fizesse a tal de mesa-redonda. O professor pediu desculpas, não queria acreditar no que os seus ouvidos estavam captando, mas era simplesmente um ato de arrematada loucura chamar os assessores do homem, seria o escândalo varrendo a cidade como uma ventania; quem sabe o vereador chamava os tais assistentes por edital?

Enquanto isso, o Doutor Chico permanecia naquela trágica e ridícula posição, inteiramente nu, olhos abertos como se estivesse enxergando tudo sem poder pronunciar uma palavra de bom senso. Chola foi mais prática, puxou uma ponta do lençol e cobriu pudicamente as vergonhas do morto, tomando o cuidado de não tocá-lo com as mãos, pois já devia estar frio. Comerlato deu uma sugestão aceitável: acho que devemos acordar o delegado, ele tem muita prática nesses casos, sabe o que se pode e o que não se pode fazer. Dona Anja, que se mantinha de pé graças ao batente da porta e ao amparo moral de Neca que agarrava a sua mão com a força de vontade de um náufrago, suspirou fundo como a dizer que finalmente alguém tivera uma idéia sensata. Pedrinho se recuperava aos poucos, o impacto da morte do prefeito agira nele como um bule inteiro de café preto sem açúcar. Concordou com seu colega da Câmara, era preciso mesmo acordar sem mais tardanças o Dr. Rutílio. Recomendou à Chola que mandasse preparar um balde de café, metade para o delegado, metade para os demais.

– Na verdade, meus caros amigos, todos aqui estamos meio bêbados, com exceção do nosso mui estimado prefeito que está morto, com perdão da palavra.

Zeferino queria saber se havia sinais de o prefeito haver cumprido com os seus sagrados compromissos com a menina Eugênia. Diante da pergunta o professor achou que o plantador de soja devia estar brincando e disse mesmo que brincadeira tinha hora. Zeferino zangou-se, não costumava brincar com certas coisas, muito menos quando à sua frente estava o corpo de um amigo morto; mas defendeu sua pergunta, cabia perfeitamente naquele caso, pois serviria depois para que os médicos achassem a causa da morte. Mas se não chegara a fazer nada...

– Foi o resultado da votação do divórcio lá em Brasília, sou capaz de jurar – disse Pedrinho, convicto.

Comerlato achou que o colega estava com a razão, o prefeito tinha morrido quando Neca lhe dissera o resultado. O rapazinho, naquele momento, soltou a mão de Dona Anja, disse qualquer coisa inaudível (revirou os olhos de maneira exagerada) e desmaiou. A negra Elmira e a menina Lenita trataram de puxá-lo para fora do quarto e no corredor mesmo iniciaram o trabalho de fazer com que Neca voltasse a si.

Pedrinho e Eliphas decidiram acordar o delegado e foram para a sala tentar. Primeiro bateram no rosto do homem, depois espargiram água de gelo sobre a sua cabeça e sobre o peito, e já estavam pensando em outros recursos mais drásticos quando o delegado abriu os olhos sem ainda enxergar nada, estendeu a mão para agarrar o braço do vereador, falava em meu amor, minha boneca, vem cá; Pedrinho, meio escabreado, disse para Eliphas com Ph que não era contra ninguém tomar o seu porre lá uma vez que outra, mas de modo algum podia aceitar que alguém o confundisse com uma das meninas da casa. Gritou no ouvido do homem: Doutor Rutílio acorde por favor, o prefeito morreu. Comerlato repetia sem cessar que ele devia acordar, havia um morto na casa, era tarefa dele. Chola por fim chegou com meia-taça de café preto, pediu que sentassem o delegado no sofá, só assim era possível fazer com que ele bebesse alguns goles; Rosaura veio com uma toalha molhada para que passassem no seu rosto, era um santo remédio. Tudo foi feito em meio de grandes dificuldades, mas finalmente o delegado já conseguia olhar diretamente para as pessoas até que começou a reconhecer um e outro, primeiro Pedrinho, depois Eliphas, Chola; perguntou por Lenita, que diabo, a gente não pode dormir meio minuto e já carregam com a nossa mulher.

– Doutor Rutílio, o prefeito morreu! – gritou Comerlato sacudindo-o pelos ombros.

– Morreu? O prefeito morreu? – repetia ele sem conseguir entender tudo.

– Morreu na cama com a Eugênia, ninguém sabe o que fazer, o senhor é o delegado e deve tomar as providências – disse Eliphas com Ph sem muita paciência.

Ele passou a mão no rosto, alisou os cabelos ralos, penteou com as unhas os grossos bigodes: então o prefeito morreu, ora vejam só, pois o homem estava bem agora mesmo, vendia saúde, o infeliz, mas deixem a coisa comigo, mandem chamar o comissário que está de plantão, ele...

– Isso não – interrompeu Pedrinho –, o prefeito não pode aparecer morto aqui na casa de Dona Anja. Ia ser um escândalo dos diabos, o MDB ia tirar proveito para as próximas eleições.

– Mas então o que querem que eu faça? – perguntou o delegado ainda não de todo refeito.

– Bem, eu acho que devemos levar o corpo para uma outra casa.

– Jamais – gritou o Dr. Rutílio com os olhos injetados –, enquanto eu for autoridade aqui nesta cidade ninguém vai cometer uma arbitrariedade dessas, uma ilegalidade. Morreu aqui, aqui vai ficar e daqui só para a Santa Casa de Misericórdia para a autópsia.

O professor tinha entrado na sala, ouviu pronunciarem Santa Casa de Misericórdia e logo concordou com o delegado, o corpo não poderia ser transferido assim como se transfere um móvel velho de casa para um depósito da Cidade de Deus. Dona Anja que voltava lá de dentro ouviu a decisão e desatou num choro aberto, convulso e desesperado: vão arruinar com a minha casa num dia, perco todo o conceito que consegui arranjar durante anos e anos de trabalho árduo. Levaram-na até a grande cadeira de balanço, acomodaram o seu corpanzil da melhor maneira e o professor tratou de pedir calma, ela que não se preocupasse, uma boa solução seria encontrada de qualquer jeito, era preciso confiar na experiência deles e no bom senso geral.

– Pensem na mulher dele, nos filhos dele – choramingava ela bem no momento em que teve um lampejo ladino –, pensem na Arena, no escândalo político.

Comerlato ficou sério, ela estava com a inteira razão, o problema não era assim tão fácil de ser resolvido. Pedrinho disse que se fosse só pela Arena até que achava bom fazer o velório ali naquela sala, mas afinal o escândalo poderia atingir as instituições políticas como um todo. Comerlato afirmou que o delegado era uma pessoa sensata, inteligente, saberia compreender muito bem aquela situação, ainda que fosse necessário arranhar de leve a lei, pois acima da letra fria dos regulamentos policiais estava o lado humano do amigo e do chefe de família impoluto.

O professor colocou a mão aberta sobre o ombro do delegado, apelou para que agisse de cabeça fria e que um detalhe não poderia ser deixado de lado e nem sequer eles, os dois, poderiam esquecer: o prefeito era um dos mais prestigiosos membros do Rotary local.

O delegado conseguiu levantar-se do sofá, ensaiou uns passos inseguros pela sala, mas afinal onde está o cadáver do nosso querido amigo? O professor ajudou-o a encaminhar-se para o quarto, deu uma ligeira parada antes de chegar ao corredor onde Neca ainda estava sentado (amparado pelas prestimosas meninas) e disse bem junto de seu ouvido:

– Minha opinião é levarmos o corpo para casa do Eliphas com Ph, que é solteiro e mora só.

Eliphas, que vinha logo após, ouviu a sugestão e gritou revoltado:

– Essa não, o prefeito não iria ouvir a transmissão na casa de um adversário político, ninguém acreditaria.

O delegado ficou meio indeciso, tentou prosseguir na caminhada e só então exclamou revoltado:

– Vejam os senhores, aí está o primeiro resultado dessa tal emenda do divórcio que ainda nem foi aprovada e já fez a sua primeira vítima fatal.

Pedrinho corrigiu: um momento, meu caro delegado, a emenda do divórcio foi aprovada pelo Congresso e na verdade o prefeito não é assim uma vítima tão inocente afinal morreu traindo a própria esposa; será melhor colocar desde já as coisas nos seus devidos lugares.

Eliphas permanecera encostado na parede e por fim comentou como se falasse consigo mesmo: eu sabia, eu sabia que a festa ia terminar lá em casa.

XIV.

O repicar de sinos em toque fúnebre, no meio da madrugada fatídica, assinala na pequena cidade atingida pela desgraça o profundo pesar da Igreja Católica Apostólica Romana pela aprovação da emenda do divórcio que acabou, no dia 16 de junho de 1977, com a indissolubilidade dos vínculos matrimoniais da família brasileira, enquanto o prefeito aguarda, já falecido, que sejam tomadas providências a seu respeito.

– Dona Anja, se me permite, assumo o comando dos lamentáveis acontecimentos, a senhora já deve ter notado que todos aqui estão confusos, ninguém se entende – sugeriu o professor tirando o casaco e arregaçando as mangas da camisa, decidido e intrépido.

Dona Anja limpava as lágrimas com as costas das mãos, fungava forte, fazia que sim com a cabeça, era exatamente o que ela mais desejava naquele dia funesto para sua casa cujo conceito acabava de ser ferido de morte. Vamos lá, disse o professor, a senhora sempre se mostrou uma criatura de ânimo forte e capaz de enfrentar qualquer adversidade, procure manter a calma, é preciso que a senhora dê o exemplo, que ajude nesta hora. Apontou para Neca que jazia inerme numa poltrona, braços caídos, a própria estátua da desesperança. Mande o Neca chamar o Dr. Monteiro, ele é pessoa de casa, esteve aqui, sabe muito bem que o motivo da reunião foi o mais nobre possível e vai compreender o desastre que atinge a todos nós.

Dirigiu-se para o quarto onde algumas meninas olhavam hipnoticamente para o corpo de cera do defunto, Eliphas e Pedrinho cochilando a um canto,

Zeferino sacudindo a cabeça e dando graças a Deus pelo sono profundo do Atalibinha que afinal se livrara daquele choque, ele que sempre fora um menino muito sensível diante da morte. Com disposição, o professor bateu palmas, nada de moscas tontas por aqui, chega de trastes, todos vão ajudar, precisamos com urgência tratar de vestir o corpo; Chola, minha querida, alcança dali a roupa do Doutor Chico, ali de cima da cadeira, e que todos metam na cabeça que o prefeito não esteve esta noite aqui na casa de Dona Anja, que ninguém o viu, faz de conta que só conhecem o Doutor Chico de vista, de quando ele passa na rua ou das solenidades da Liga de Defesa Nacional, e se alguém perguntar podem dizer que ouviram dizer que ele morreu de emoção ao saber do resultado da votação da emenda do divórcio, lá na casa do Eliphas; ele era um homem doente, sofria do coração, a emenda do Senador Nélson Carneiro foi demais para quem viveu toda uma vida pautando os seus atos pela decência e pelo amor acendrado à sua família; aliás, isso era inegável e tanto assim que seu pobre coração não resistiu ao ver que a Constituição de seu próprio país acabava de ser violada de maneira tão crua e perversa, pois minhas filhas, agora nem mel nem porongo, vamos ver aqui, Chola, vista as cuecas no homem, alcance dali a camisa (examinou com cuidado os rebordos do colarinho à luz da mesinha de cabeceira para ver se não tinha marcas de batom) e vocês aí não fiquem pelos cantos como dois de paus, ajudem também ou vão sentar-se lá na sala com as meninas que não podem ver defunto.

Chola não conseguia enfiar as cuecas nos pés abertos e rígidos, era uma operação difícil, quase impossível, o professor ajudava, pediu auxílio a Eliphas com

Ph que o atendeu a contragosto pegando tudo com a ponta dos dedos, respiração presa, olhares angustiados para o professor que se mostrava experiente como um velho auxiliar de funerária.

– O senhor não acha perigoso levar um morto lá para a minha casa? – disse Eliphas angustiado.

– Se fosse um morto qualquer é possível que eu achasse também – disse o professor enquanto prosseguia com agilidade no trabalho de vestir o corpo –, mas se trata, veja bem, do prefeito da nossa cidade, de um homem ilustre, membro do Rotary, futuro candidato da Arena à Assembléia Legislativa e que vai merecer três dias de luto oficial.

Neca se negou a cumprir a missão de chamar o Dr. Monteiro, correu para o quartinho dos fundos e de lá vinham os seus uivos que lembravam os de um cão em noite de lua. O professor se mostrava irritado: alguém deve ir lá dentro e aplicar meia dúzia de boas bofetadas naquele rapazinho, ele termina chamando a atenção de toda a vizinhança, será o benedito? convenhamos, há tempo para tudo, há também tempo para frescura, ou eu estou enganado?

Comerlato consultou o seu relógio de pulso, deu um longo e significativo assobio, céus! já são mais de duas horas, preciso ir para casa, não vou ter nenhuma explicação para a minha mulher, até porque a votação terminou antes da uma.

– Se quer fugir, fuja – disse o professor –, mas então antes vai passar na casa do Dr. Monteiro e pedir que ele venha para cá imediatamente, precisamos dele. Não diga mais nada, ele que venha urgente. E agora pode ir.

Comerlato não esperou pelo segundo convite, saiu girando o dedo indicador ao redor do ouvido: estão ficando todos malucos nesta casa, bem feito para mim, bem que podia ter ficado em casa ouvindo o meu radinho de pilha, a estas horas não andaria envolvido neste angu dos diabos. Eliphas com Ph e Pedrinho ajudavam agora a menina Chola a vestir o defunto. Zeferino preocupado em que não fizessem muito barulho, o Atalibinha podia acordar e ia ser um tremendo choque para o rapaz. Viu Comerlato escafeder-se como se fosse perseguido por um cão danado, o plantador de soja sorriu irônico, eu sei, agora todos são casados, todos são chefes de família exemplares, fogem dos perigos de um escândalo como o diabo foge da cruz, questão de zelar pelo nome digno que têm, menos eu, é claro, quem é o Zeferino Duarte na ordem das coisas, um homem que revira a terra e planta soja e planta milho e planta trigo, um zé-ninguém, mas estão todos enganados, olhem que boto a boca no mundo e viro esse negócio de patas para cima. O professor ouviu tudo e desabafou também: ah, é assim, pois abra o bico e vai ver o que eu posso fazer, eu sim é que vou para o jornal, afinal sou viúvo e nada mais me pega neste negócio de marido e de mulher, e se os meus companheiros do Rotary não gostarem boto também os podres de todos eles na rua, termino me divertindo à grande, o candidato a governador do Distrito tem amante, o Nepomuceno tem amante, o juiz tem amante, vai ser um escândalo de fechar a cidade para balanço e aposto como vem repórter de jornal do Rio e de São Paulo; Nossa Senhora, então quando entra a parte das respeitáveis esposas que mantêm lá os seus casinhos nas horas do médico e do dentista, quando dão as suas fugidas até Porto Alegre e lá descansam o corpinho numa cama de motel; e também as mocinhas de família que freqüentam o clube, dançam bem separadinhas diante do papai e da mamãe e depois correm para os matinhos com os meninos, na garupa das motocicletas, num Deus nos acuda de fazer inveja às meninas aqui na casa, mas que não esquecem das missas aos domingos, batendo no peito e comungando, pois se pensam que só eu tenho obrigação de zelar por tudo isto aqui, estão redondamente enganados e se me faz o favor, meu caro Vereador Pedrinho Macedo, alcance dali a gravata e depressa que o homem está ficando mais duro que um pedaço de pau.

Elmira entrou no quarto carregando uma bandeja com cafezinho, o professor foi o primeiro a servir-se, tenho direito, veja aí como toda essa cambada está mais espantada que cavalo quando vê cobra cascavel. O delegado tratava de respirar fundo para não confessar que sentia uma dor de cabeça de estourar os miolos. Aproximou-se do professor:

– Vejo que o nosso saudoso prefeito já está vestido, que tudo marcha bem, mas só me pergunto se a gente tem o direito de transportar o corpo daqui sem antes chamar o médico, esperar que ele chegue, sabe como é, a lei é taxativa em tais casos e eu como autoridade...

– Pois se acha melhor deixar o corpo aqui em cima da cama – disse o professor perdendo a calma –, concordo plenamente, mas tenha a santa paciência, o senhor assume tudo, eu lavo as mãos e me retiro. Nesse caso acho até que devemos despir novamente o homem (Chola exclamou: pero no!) e reconstruir o local do crime como estava.

— Um momento, não estou dizendo nada disso — refutou o delegado meio apavorado com a idéia —, mas, palavra de honra, não estou lá muito certo da legalidade de tudo isso.

Ficou indeciso diante do professor que parara e cruzara os braços, como a dizer que ele desembuchasse outra idéia, estava disposto a tudo.

— Veja, meu caro professor, como amigo acho a idéia ótima; como delegado de polícia, porém, tenho as minhas justificadas dúvidas.

— Pois então façamos uma coisa — sugeriu o professor demonstrando um certo cansaço —, como amigo o senhor nos ajuda a carregar o prefeito lá para a casa do Eliphas e como delegado o senhor passa a tomar todas as providências a partir de lá. Perfeito?

O homem sorriu debaixo dos grossos bigodes, disse que sempre era bom tratar com pessoas dotadas de alta inteligência, de grande cultura, pois aceitava de bom grado a sugestão do amigo. Perguntou:

— Vamos levá-lo de carro?

— Mas claro, Doutor Rutílio, são quase três quarteirões de distância e ninguém vai arriscar que algum vagabundo por aí nos veja com tal carregamento. Por favor, entre com seu carro até aqui os fundos da casa e vamos fazer isso depressa.

— No meu carro? — perguntou espantado o delegado.

— E por que não? É o maior e depois ninguém verá nada, afinal o carro do delegado andando pelas ruas em plena noite só pode assustar os incautos e fazer com que eles desapareçam na primeira esquina.

Quando o delegado deu as costas, o professor pediu a Chola que fechasse os olhos do falecido, começava a sentir-se mal com aquele frio e penetrante olhar do outro mundo. Cenira veio lá de dentro para informar que Eugênia estava se recuperando, já tomara um chá de cidró, a pobrezinha ficara muito abalada. Haviam passado álcool canforado nos pulsos e nas têmporas de Neca e Dona Anja já conseguira comer o seu primeiro bombom depois da tragédia.

O professor ouviu o ronco do motor do carro do delegado que já devia andar pela altura da porta dos fundos, bateu palmas, os homens, queria agora todos os homens disponíveis (Neca sabia que ia ficar de fora, era muito franzino para os trabalhos pesados), onde estão os homens? Eliphas levantou canhestramente o dedo indicador, Pedrinho aproximou-se sem muita vontade. Zeferino tirou o casaco e arregaçou as mangas, como se fosse trepar para a boléia de um trator.

– Vamos todos pegar ao mesmo tempo – comandou ele –, assim, eu e Eliphas nas pernas, Seu Zeferino e o vereador pelos braços.

Chola mostrava os óculos e perguntou se não devia colocá-los no nariz do morto. Não, disse o professor, enfia esses óculos no bolso do casaco, nunca se viu defunto de óculos, ele não precisa enxergar mais nada.

– Chola, corre lá para abrir todas as portas e pede ao delegado para abrir também a porta traseira daquele banheirão dele.

O defunto pesava como chumbo, foi levado da cama entre gemidos e bufos e lá se foi como uma abelha morta carregada por quatro formigas. Quando foi informada de que o prefeito já tinha sido colocado na parte traseira do carro do delegado, rumo à casa de Eliphas com Ph, Dona Anja respirou aliviada, que Deus olhasse para ela e para suas pacientes e encantadoras meninas e que salvasse a sua casa do descrédito e do escândalo. Por sugestão do professor, que em tudo pensava, ela mandara chamar o guarda Amâncio para dizer-lhe qualquer coisa, era preciso afastá-lo da porta da rua a qualquer preço. O homem entrou tímido, girando desajeitado o chapelão entre os dedos, sorriso humilde, estava às ordens, com muita honra. Dona Anja disse a ele que no dia seguinte a casa ia fazer feriado, ia continuar fechada para descanso das meninas e dela própria, precisava mesmo fazer algumas reformas em alguns banheiros e que ele só deveria voltar na segunda-feira. E disse ainda muitas outras coisas que o homem não conseguira entender, mas o principal era prendê-lo ali dentro o mais que pudesse. Até que Dona Anja ouviu o ronco do motor do carro do delegado passando pelo caminho lateral, ouviu quando ele chegou à rua e logo depois desapareceu dentro da noite.

Neste preciso momento todos ouviram um forte repicar de sinos vindos da Matriz, o coração de Dona Anja quase parou, veio gente dos fundos, as meninas surgiram de todos os cantos, Neca retornara a chorar aos soluços, a negra Elmira parecia ter visto um lobisomem, Arlete, Rosaura e Cenira, Chola, só Eugênia ausente porque ainda não conseguira se recuperar do golpe, afinal o prefeito morrera em seus braços. Na sala, um silêncio opressivo, o próprio guarda Amâncio a olhar assustado para a porta, sem entender o que estaria se passando lá fora. Eram dobres de finados, varando a noite onde um vento estranho e frio chegara como trazido por mãos misteriosas.

— Alguém deve ter aberto o bico — disse Dona Anja.

Chola afirmou que teria sido impossível, o padre não podia adivinhar. Neca jurou, meio ranhento, que era coisa do diabo. Lenita disse que o toque era de finados, seus pais haviam morado anos ao lado de uma igreja. O leão-de-chácara quis saber o que se passava na rua e só aí Dona Anja reparou na presença dele, pediu que fosse dar uma volta pelos arredores, pela praça, ele que visse bem o que se passava, que fosse até a igreja, era muito estranho aqueles toques assim de madrugada. O guarda obedeceu e as meninas se aglomeraram ao redor da dona da casa, cada uma mais intrigada que a outra.

Neca recomeçara o choro fininho, repetia que era coisa do diabo, algum pecado mortal eles deviam ter cometido. As meninas reclamaram, ele que ficasse quieto, estava deixando todas elas mais nervosas ainda do que já estavam.

Zeferino surgiu na porta do corredor, vindo dos fundos. Acabava de voltar da casa de Eliphas, informou que tudo correra bem, ninguém havia visto coisa nenhuma, o corpo fora colocado numa poltrona da sala do vereador, fora uma luta conseguir dobrar as suas pernas, o Dr. Monteiro já estava lá e agora ele só queria acordar o filho e tomar o rumo de casa, a mãe devia estar preocupada e ainda mais com aquele negócio de sinos a tocarem de madrugada. Atalibinha dormia ainda, nu, apenas com a toalha da mesa jogada sobre o corpo.

– Mas afinal, Seu Zeferino, e esse bater de sinos? – disse a dona da casa.

– Ah, os sinos, pois a senhora sabe, o padre mandou convencer meio mundo que era preciso uma passeata com missa em sinal de protesto pela aprovação da emenda do divórcio naquela noite. Muita gente está indo para a igreja.

Pediu a uma das meninas que fosse buscar as roupas do filho, que as outras o ajudassem, queria ir para casa o quanto antes, o carro estava na porta e podia muito bem ser visto pelo mulherio da tal procissão improvisada.

O pai acercou-se de Atalibinha, começou a sacudir ombros e pernas, braços e cabeça, as meninas faziam o mesmo e ele mal conseguia abrir os olhos, rosnava furibundo, me deixem, saiam daqui. O pai procurava chamar o rapaz à realidade, vamos embora, meu filho, vamos para casa. Atalibinha olhou para todos, um por um, pediu que o deixassem dormir um pouco mais, a seguir fixou-se no busto opulento de Lenita, virou-se para o pai:

– Quero ir para a cama com ela, pai.

Zeferino sentiu uma enorme vontade de bater nele ali mesmo, na frente de todo o mundo, então o idiota pensava que a vida era só aquilo, sair de cima de uma mulher para cair em cima de outra, o resto do mundo que fosse para o inferno, foi tudo:

– Trata de levantar e vestir esta roupa, seu cretino!

O rapaz ficou muito surpreso, foi pegando devagar as roupas que Rosaura trouxera lá de dentro, olhos cravados no pai, lentamente enfiou as meias, as cuecas, a camisa, depois olhou para toda a sala, viu Dona Anja embalando-se na sua eterna cadeira, mastigando os bombons recheados.

O leão-de-chácara girou o trinco da porta, abriu-a, meteu a cabeça leonina pela fresta, narrou para todos que o olhavam interessados:

— É uma procissão de pesar pela aprovação do tal de divórcio, tem muita gente lá, vi a esposa do Vereador Comerlato, a esposa do prefeito, Dona Maria Helena – fez um sorriso safado que irritou Dona Anja –, a menina Isabel...

— Chega – disse Dona Anja –, pode ir para casa e até segunda-feira. Feche a porta e bom fim de semana para o senhor.

Zeferino apressou o filho, era capaz de jurar que a sua mulher Teodora estava lá na tal de procissão, era preciso chegar em casa antes que ela voltasse da tal missa contra o divórcio. Ora, vejam só, missa contra o divórcio de madrugada, esses padres não pensam noutra coisa. Então ele confessou (o filho estava pronto para sair, mas com o olhar cravado em Lenita) que precisava descansar que o dia ia ser de velório e de enterro. Neca cobriu os olhos com as mãos. Atalibinha aproveitou-se de um descuido do pai e enlaçou Lenita, tentando espiar para dentro de seu decote. Zeferino deu um violento puxão no braço do rapaz, empurrou-o para a porta com um palavrão. Virou-se para Dona Anja e pediu desculpas:

— A senhora sabe, isto é coisa da idade, ele sempre foi assim desligado.

O silêncio era total, Dona Anja permanecia derreada na sua grande cadeira de balanço, Neca bem agarrado na barra de sua saia. Zeferino não sabia o que dizer a título de despedida ou de explicação e só falou quando já estava de saída:

— Na verdade, o rapaz é o retrato vivo do avô, que Deus me perdoe.

Sobre o autor

Josué Marques Guimarães nasceu em São Jerônimo, no Rio Grande do Sul, em 7 de janeiro de 1921. No ano seguinte, sua família mudou-se para a cidade de Rosário do Sul, na fronteira com o Uruguai, onde seu pai, um pastor da Igreja Episcopal Brasileira, exercia as funções de telegrafista. Após a Revolução de 30, sua família foi para Porto Alegre, onde Josué Guimarães prosseguiu os estudos primários, completando o curso secundário no Ginásio Cruzeiro do Sul, mesma escola onde estudou o escritor Erico Verissimo.

Em 1939, foi para o Rio de Janeiro, onde, no *Correio da Manhã*, iniciou-se na profissão de jornalista que exerceria até o final da sua vida. Com a entrada do Brasil na Segunda Guerra, voltou para o Rio Grande, onde concluiu o curso de oficial da reserva, sendo designado para servir como aspirante no 7º R.C.I. em Santana do Livramento. Alistou-se como voluntário na FEB (Força Expedicionária Brasileira), mas foi recusado por ser casado. De volta à imprensa, seguiu na carreira que o faria passar pelos principais jornais e revistas do país. Trabalhou em inúmeras funções, de repórter a diretor de jornal, passando por secretário de redação, colunista, comentarista, cronista, editorialista, ilustrador, diagramador e repórter político. Quando morreu, em 1986, era o diretor da sucursal da *Folha de São Paulo* em Porto Alegre. Atuou como correspondente especial no Extremo Oriente em 1952 (União Soviética e China Continental) e de 1974 a 1976 como correspondente da empresa jornalística Caldas Júnior em Portugal e na África.

Como homem público foi chefe de gabinete de João Goulart na Secretaria de Justiça do Rio Grande, governo Ernesto Dornelles; foi vereador em Porto Alegre pela bancada do PTB, sendo eleito vice-presidente da Câmara. De 1961 até 1964, foi diretor da Agência Nacional, hoje Empresa Brasileira de Notícias, a convite do então presidente João Goulart. A partir de 1964, perseguido pelo regime autoritário, foi obrigado a escrever sob pseudônimo e a dar consultoria para empresas privadas nas áreas comercial e publicitária.

Josué Guimarães lançou-se tardiamente – aos 49 anos – no ofício que o consagraria como um dos maiores escritores do país. Seu primeiro livro foi *Os ladrões*, reunindo contos, entre os quais o conto que dá nome ao livro, premiado no então importante Concurso de Contos do Paraná (este concurso promovido pelo Governo do Paraná foi, nas décadas de 60 e 70, o mais importante concurso literário do país, consagrando e lançando autores como Rubem Fonseca, Dalton Trevisan, João Antônio, além de muitos outros).

Sua obra – escrita em pouco menos de 20 anos – destaca-se como um acervo importante e fundamental. Democrata e humanista ferrenho, Josué Guimarães foi sistematicamente perseguido pela ditadura e os poderosos de plantão, mantendo uma admirável coerência que acabou por alijá-lo do meio cultural oficial. Depois de Erico Verissimo é, sem dúvida, o escritor mais importante da história recente do Rio Grande e um dos mais influentes e importantes do país. *A ferro e fogo I* (*Tempo de solidão*) e *A ferro e fogo II* (*Tempo de guerra*) – deixou o terceiro e último volume (Tempo de angústia) inconcluso – são romances clássicos da literatura brasileira e sua obra-prima, as únicas obras de ficção realmente importantes que abordam a saga da colonização alemã no Brasil. A tão sonhada trilogia, que Josué não conseguiu concluir, é um romance de enorme dimensão artística, pela construção de seus personagens, emoção da trama e a dureza dos tempos que como poucos ele soube retratar com emocionante realismo. Dentro da vertente do romance histórico, Josué voltaria ao tema em *Camilo Mortágua*, fazendo um verdadeiro corte na sociedade gaúcha pós-rural, inaugurando uma trilha que mais tarde seria seguida por outros bons autores.

Seu livro *Dona Anja* foi traduzido para o espanhol e publicado pela Edivisión Editoriales, México, sob o título de *Doña Angela*.

Deixou quatro filhos do primeiro casamento e dois filhos do segundo. Morreu no dia 23 de março de 1986.

OBRAS PUBLICADAS:

Os ladrões – contos (Ed. Forum), 1970
A ferro e fogo I (*Tempo de solidão*) – romance (L&PM), 1972
A ferro e fogo II (*Tempo de guerra*) – romance (L&PM), 1973

Depois do último trem – novela (L&PM), 1973
Lisboa urgente – crônicas (Civilização Brasileira), 1975
Tambores silenciosos – romance (Ed. Globo – Prêmio Erico Verissimo de romance), 1976; (L&PM), 1991
É tarde para saber – romance (L&PM), 1977
Dona Anja – romance (L&PM), 1978
Enquanto a noite não chega – romance (L&PM), 1978
O cavalo cego – contos (Ed. Globo), 1979; (L&PM), 1995
O gato no escuro – contos (L&PM), 1982
Camilo Mortágua – romance (L&PM), 1980
Um corpo estranho entre nós dois – teatro (L&PM), 1983
Garibaldi & Manoela (*Amor de perdição*) – romance (L&PM), 1986

INFANTIS (TODOS PELA L&PM):
A casa das Quatro Luas – 1979
Era uma vez um reino encantado – 1980
Xerloque da Silva em "O rapto da Dorotéia" – 1982
Xerloque da Silva em "Os ladrões da meia noite" – 1983
Meu primeiro dragão – 1983
A última bruxa – 1987

Coleção **L&PM** POCKET (LANÇAMENTOS MAIS RECENTES)

371. **Carta ao pai** – Kafka
372. **Os vagabundos iluminados** – J. Kerouac
373(7). **O enforcado** – Simenon
374(8). **A fúria de Maigret** – Simenon
375. **Vargas, uma biografia política** – H. Silva
376. **Poesia reunida (vol.1)** – A. R. de Sant'Anna
377. **Poesia reunida (vol.2)** – A. R. de Sant'Anna
378. **Alice no país do espelho** – Lewis Carroll
379. **Residência na Terra 1** – Pablo Neruda
380. **Residência na Terra 2** – Pablo Neruda
381. **Terceira Residência** – Pablo Neruda
382. **O delírio amoroso** – Bocage
383. **Futebol ao sol e à sombra** – E. Galeano
384(9). **O porto das brumas** – Simenon
385(10). **Maigret e seu morto** – Simenon
386. **Radicci 4** – Iotti
387. **Boas maneiras & sucesso nos negócios** – Celia Ribeiro
388. **Uma história Farroupilha** – M. Scliar
389. **Na mesa ninguém envelhece** – J. A. P. Machado
390. **200 receitas inéditas do Anonymous Gourmet** – J. A. Pinheiro Machado
391. **Guia prático do Português correto – vol.2** – Cláudio Moreno
392. **Breviário das terras do Brasil** – Luis A. de Assis Brasil
393. **Cantos Cerimoniais** – Pablo Neruda
394. **Jardim de Inverno** – Pablo Neruda
395. **Antonio e Cleópatra** – William Shakespeare
396. **Tróia** – Cláudio Moreno
397. **Meu tio matou um cara** – Jorge Furtado
398. **O anatomista** – Federico Andahazi
399. **As viagens de Gulliver** – Jonathan Swift
400. **Dom Quixote – v.1** – Miguel de Cervantes
401. **Dom Quixote – v.2** – Miguel de Cervantes
402. **Sozinho no Pólo Norte** – Thomaz Brandolin
403. **Matadouro Cinco** – Kurt Vonnegut
404. **Delta de Vênus** – Anaïs Nin
405. **O melhor de Hagar 2** – Dik Browne
406. **É grave Doutor?** – Nani
407. **Orai pornô** – Nani
408(11). **Maigret em Nova York** – Simenon
409(12). **O assassino sem rosto** – Simenon
410(13). **O mistério das jóias roubadas** – Simenon
411. **A irmãzinha** – Raymond Chandler
412. **Três contos** – Gustave Flaubert
413. **De ratos e homens** – John Steinbeck
414. **Lazarilho de Tormes** – Anônimo do séc. XVI
415. **Triângulo das águas** – Caio Fernando Abreu
416. **100 receitas de carnes** – Sílvio Lancellotti
417. **Histórias de robôs: vol.1** – org. Isaac Asimov
418. **Histórias de robôs: vol.2** – org. Isaac Asimov
419. **Histórias de robôs: vol.3** – org. Isaac Asimov
420. **O país dos centauros** – Tabajara Ruas
421. **A república de Anita** – Tabajara Ruas
422. **A carga dos lanceiros** – Tabajara Ruas
423. **Um amigo de Kafka** – Isaac Singer
424. **As alegres matronas de Windsor** – Shakespeare
425. **Amor e exílio** – Isaac Bashevis Singer
426. **Use & abuse do seu signo** – Marília Fiorillo e Marylou Simonsen
427. **Pigmaleão** – Bernard Shaw
428. **As fenícias** – Eurípides
429. **Everest** – Thomaz Brandolin
430. **A arte de furtar** – Anônimo do séc. XVI
431. **Billy Bud** – Herman Melville
432. **A rosa separada** – Pablo Neruda
433. **Elegia** – Pablo Neruda
434. **A garota de Cassidy** – David Goodis
435. **Como fazer a guerra: máximas de Napoleão** – Balzac
436. **Poemas de Emily Dickinson**
437. **Gracias por el fuego** – Mario Benedetti
438. **O sofá** – Crébillon Fils
439. **O "Martín Fierro"** – Jorge Luis Borges
440. **Trabalhos de amor perdidos** – W. Shakespeare
441. **O melhor de Hagar 3** – Dik Browne
442. **Os Maias (volume1)** – Eça de Queiroz
443. **Os Maias (volume2)** – Eça de Queiroz
444. **Anti-Justine** – Restif de La Bretonne
445. **Juventude** – Joseph Conrad
446. **Singularidades de uma rapariga loura** – Eça de Queiroz
447. **Janela para a morte** – Raymond Chandler
448. **Um amor de Swann** – Marcel Proust
449. **À paz perpétua** – Immanuel Kant
450. **A conquista do México** – Hernan Cortez
451. **Defeitos escolhidos e 2000** – Pablo Neruda
452. **O casamento do céu e do inferno** – William Blake
453. **A primeira viagem ao redor do mundo** – Antonio Pigafetta
454(14). **Uma sombra na janela** – Simenon
455(15). **A noite da encruzilhada** – Simenon
456(16). **A velha senhora** – Simenon
457. **Sartre** – Annie Cohen-Solal
458. **Discurso do método** – René Descartes
459. **Garfield em grande forma** – Jim Davis
460. **Garfield está de dieta** – Jim Davis
461. **O livro das feras** – Patricia Highsmith
462. **Viajante solitário** – Jack Kerouac
463. **Auto da barca do inferno** – Gil Vicente
464. **O livro vermelho dos pensamentos de Millôr** – Millôr Fernandes
465. **O livro dos abraços** – Eduardo Galeano
466. **Voltaremos!** – José Antonio Pinheiro Machado
467. **Rango** – Edgar Vasques
468. **Dieta mediterrânea** – Dr. Fernando Lucchese e José Antonio Pinheiro Machado
469. **Radicci 5** – Iotti
470. **Pequenos pássaros** – Anaïs Nin
471. **Guia prático do Português correto – vol.3** – Cláudio Moreno
472. **Atire no pianista** – David Goodis
473. **Antologia Poética** – García Lorca
474. **Alexandre e César** – Plutarco
475. **Uma espiã na casa do amor** – Anaïs Nin
476. **A gorda do Tiki Bar** – Dalton Trevisan
477. **Garfield um gato de peso** – Jim Davis
478. **Canibais** – David Coimbra
479. **A arte de escrever** – Arthur Schopenhauer
480. **Pinóquio** – Carlo Collodi

481. **Misto-quente** – Charles Bukowski
482. **A lua na sarjeta** – David Goodis
483. **Recruta Zero** – Mort Walker
484. **Aline 2: TPM – tensão pré-monstrual** – Adão Iturrusgarai
485. **Sermões do Padre Antonio Vieira**
486. **Garfield numa boa** – Jim Davis
487. **Mensagem** – Fernando Pessoa
488. **Vendeta** *seguido de* **A paz conjugal** – Balzac
489. **Poemas de Alberto Caeiro** – Fernando Pessoa
490. **Ferragus** – Honoré de Balzac
491. **A duquesa de Langeais** – Honoré de Balzac
492. **A menina dos olhos de ouro** – Honoré de Balzac
493. **O lírio do vale** – Honoré de Balzac
494.(17).**A barcaça da morte** – Simenon
495.(18).**As testemunhas rebeldes** – Simenon
496.(19).**Um engano de Maigret** – Simenon
497. **A noite das bruxas** – Agatha Christie
498. **Um passe de mágica** – Agatha Christie
499. **Nêmesis** – Agatha Christie
500. **Esboço para uma teoria das emoções** – Jean-Paul Sartre
501. **Renda básica de cidadania** – Eduardo Suplicy
502.(1).**Pílulas para viver melhor** – Dr. Lucchese
503.(2).**Pílulas para prolongar a juventude** – Dr. Lucchese
504.(3).**Desembarcando o Diabetes** – Dr. Lucchese
505.(4).**Desembarcando o Sedentarismo** – Dr. Fernando Lucchese e Cláudio Castro
506.(5).**Desembarcando a Hipertensão** – Dr. Lucchese
507.(6).**Desembarcando o Colesterol** – Dr. Fernando Lucchese e Fernanda Lucchese
508. **Estudos de mulher** – Balzac
509. **O terceiro tira** – Flann O'Brien
510. **100 receitas de aves e ovos** – José Antonio Pinheiro Machado
511. **Garfield em toneladas de diversão** – Jim Davis
512. **Trem-bala** – Martha Medeiros
513. **Os cães ladram** – Truman Capote
514. **O Kama Sutra de Vatsyayana**
515. **O crime do Padre Amaro** – Eça de Queiroz
516. **Odes de Ricardo Reis** – Fernando Pessoa
517. **O inverno da nossa desesperança** – John Steinbeck
518. **Piratas do Tietê** – Laerte
519. **Rê Bordosa: do começo ao fim** – Angeli
520. **Harlem é escuro** – Chester Himes
521. **Café-da-manhã dos campeões** – Kurt Vonnegut
522. **Eugénie Grandet** – Balzac
523. **O último magnata** – F. Scott Fitzgerald
524. **Carol** – Patricia Highsmith
525. **100 receitas de patisseria** – Sílvio Lancellotti
526. **O fator humano** – Graham Greene
527. **Tristessa** – Jack Kerouac
528. **O diamante do tamanho do Ritz** – S. Fitzgerald
529. **As melhores histórias de Sherlock Holmes** – Arthur Conan Doyle
530. **Cartas a um jovem poeta** – Rilke
531.(20).**Memórias de Maigret** – Simenon
532. **O misterioso sr. Quin** – Agatha Christie
533. **Os analectos** – Confúcio
534.(21).**Maigret e os homens de bem** – Simenon
535.(22).**O medo de Maigret** – Simenon
536. **Ascensão e queda de César Birotteau** – Balzac
537. **Sexta-feira negra** – David Goodis
538. **Ora bolas – O humor cotidiano de Mario Quintana** – Juarez Fonseca
539. **Longe daqui mesmo** – Antonio Bivar
540.(5).**É fácil matar** – Agatha Christie
541. **O pai Goriot** – Balzac
542. **Brasil, um país do futuro** – Stefan Zweig
543. **O processo** – Kafka
544. **O melhor de Hagar 4** – Dik Browne
545.(6).**Por que não pediram a Evans?** – Agatha Christie
546. **Fanny Hill** – John Cleland
547. **O gato por dentro** – William S. Burroughs
548. **Sobre a brevidade da vida** – Sêneca
549. **Geraldão 1** – Glauco
550. **Piratas do Tietê 2** – Laerte
551. **Pagando o pato** – Ciça
552. **Garfield de bom humor** – Jim Davis
553. **Conhece o Mário?** – Santiago
554. **Radicci 6** – Iotti
555. **Os subterrâneos** – Jack Kerouac
556.(1).**Balzac** – François Taillandier
557.(2).**Modigliani** – Christian Parisot
558.(3).**Kafka** – Gérard-Georges Lemaire
559.(4).**Júlio César** – Joël Schmidt
560. **Receitas da família** – J. A. Pinheiro Machado
561. **Boas maneiras à mesa** – Celia Ribeiro
562.(9).**Filhos sadios, pais felizes** – R. Pagnoncelli
563.(10).**Fatos & mitos** – Dr. Fernando Lucchese
564. **Ménage à trois** – Paula Taitelbaum
565. **Mulheres!** – David Coimbra
566. **Poemas de Álvaro de Campos** – Fernando Pessoa
567. **Medo e outras histórias** – Stefan Zweig
568. **Snoopy e sua turma (1)** – Schulz
569. **Piadas para sempre (livro 1)** – Visconde da Casa Verde
570. **O alvo móvel** – Ross MacDonald
571. **O melhor do Recruta Zero (2)** – Mort Walker
572. **Um sonho americano** – Norman Mailer
573. **Os broncos também amam** – Angeli
574. **Crônica de um amor louco** – Bukowski
575.(5).**Freud** – René Major e Chantal Talagrand
576.(6).**Picasso** – Gilles Plazy
577.(7).**Gandhi** – Christine Jordis
578. **A tumba** – H. P. Lovecraft
579. **O príncipe e o mendigo** – Mark Twain
580. **Garfield, um charme de gato** – Jim Davis
581. **Ilusões perdidas** – Balzac
582. **Esplendores e misérias das cortesãs** – Balzac
583. **Walter Ego** – Angeli
584. **Striptiras (1)** – Laerte
585. **Fagundes: um puxa-saco de mão cheia** – Laerte
586. **Depois do último trem** – Josué Guimarães
587. **Ricardo III** – Shakespeare
588. **Dona Anja** – Josué Guimarães
589. **24 horas na vida de uma mulher** – Stefan Zweig
590. **O terceiro homem** – Graham Greene
591. **Mulher no escuro** – Dashiell Hammett
592. **No que acredito** – Bertrand Russell
593. **Odisséia (1): Telemaquia** – Homero
594. **O cavalo cego** – Josué Guimarães
595. **Henrique V** – Shakespeare